tredition®
www.tredition.de

AF307543

Birgitta S. Messmer

AMIGIRL

Ein deutsches Mädchen und ihr American Dream

Ein Roman über Liebe, Schmerz, Vergebung und
Durchhaltevermögen,

über ein Leben voller Enttäuschungen,

aber auch Belohnungen

und einen überraschenden Neuanfang.

Für Matthias

Du hast mir gezeigt, was Liebe wirklich ist. Ich kann und will mir das Leben ohne Dich nicht vorstellen. Danke für Deine Unterstützung und unermüdliche Arbeit, um dieses Buch zu ermöglichen.

Und für Andreas, mein liebster Bruder

Ich bin Dir unendlich dankbar für Deine Mühe, mir meinen größten Wunsch zu erfüllen. Ich bedaure die vielen Jahre, die uns entgangen sind, aber freue mich auf jede Minute, die uns noch bleibt.

Die Abreise

Es war ein typischer Sommertag in Stuttgart am 26. Juni 1977. Die Luft war nach einem leichten Regen am frühen Morgen noch frisch und klar; die Temperatur stieg langsam an. Für die 16-jährige Laura war es der schönste Tag ihres Lebens, denn sie, ihre Mutter Hildegard und ihr Stiefvater Kurt waren auf dem Weg zum Flughafen.

Laura war so nervös und voller Aufregung, dass es ihr vorkam, als wäre alles nur ein Traum. Schon seit einigen Wochen hatte sie die Stunden bis zu diesem Tag gezählt, denn heute würde sie nach Amerika reisen, um ihre Tante Barbara, Kurts Schwester, zu besuchen.

Vor ein paar Monaten war Tante Barbara nach Stuttgart gekommen, um ihre Familie zum ersten Mal zu besuchen, seit sie vor 18 Jahren nach Abilene in Texas ausgewandert war. Laura war gerade 15, als sie Tante Barbara kennenlernte, die den liebenswerten, aber zurückhaltenden Teenager sofort in ihr Herz schloss. Laura war so interessiert und begeistert von Barbaras Erzählungen über Amerika und wich ihr nicht von der Seite, während diese eine Geschichte nach der anderen über ihr Leben in Texas erzählte.

Während ihres Aufenthalts blieb es Barbara nicht verborgen, dass ihre Schwägerin Hildegard ständig neue, willkürliche und scheinbar unwichtige Aufgaben für den Teenager fand; als ob es sie ärgere, dass sich eine so nette Verbindung zwischen Barbara und dem Mädchen entwickelte. Die Tante war fasziniert von dem großen Mädchen mit hellbraunem, vollem Haar, das sehr einfache, sogar fast altmodische Kleider trug, nicht wie die meisten Teenager in der Mitte der 70-er Jahre.

In Lauras tiefblauen Augen spiegelte sich eine mysteriöse Traurigkeit wider. Barbara fragte sich, welche Art von Schmerz sich in der Tiefe dieser Augen versteckt hielt. Als sich ihr Besuch dem Ende neigte, bat Barbara ihren Bruder und ihre Schwägerin um Erlaubnis, dass Laura sie und ihren Mann Wayne im kommenden Jahr in Amerika besuchen dürfe. Nachdem alle Details besprochen waren, einigten sich die Erwachsenen darauf, dass Laura einen Monat nach ihrem Realschul-Abschluss nach Abilene zu ihrer Tante reisen würde.

Papa

Alles begann am 29. November 1974.

Laura war nach der großen Pause gerade wieder im Klassenzimmer angelangt. Die Schüler der 8. Klasse der Realschule Sillenbuch liefen hektisch hin und her, um wieder auf ihre Stühle zu kommen, bevor ihr Mathematiklehrer Herr Kautter ins Klassenzimmer zurückkommen würde. Anstatt Herr Kautter betrat aber überraschenderweise der Rektor das Zimmer und forderte Laura auf, ihn ins Rektorat zu begleiten. Alle Schüler erstarrten und es herrschte plötzlich Totenstille. Was hatte ihre Klassenkameradin getan, um ins Rektorat gerufen zu werden? Das war ganz bestimmt keine gute Nachricht.

Der Rektor forderte Laura auf, ihren Ranzen gleich mitzunehmen. Laura war über den Grund seines Erscheinens verwundert. Als sie das Rektorat betrat, konnte sie kaum atmen, da sie ein unheimliches Gefühl verspürte, dass etwas fürchterlich Schlimmes passiert sei. Mit sehr ernstem Blick und Falten auf der Stirn wies der Rektor Laura an, unverzüglich nachhause zu gehen, da es in ihrer Familie einen Notfall gebe. Sofort erinnerte sie sich an das laute, fast tierische Stöhnen ihres Papas, das sie in den frühen Morgenstunden aufgeweckt hatte. Sie war dann aber irgendwann einfach wieder eingeschlafen. Als sie sich für die Schule vorbereitete, erzählte ihre Mutter von den furchtbaren Kopfschmerzen, unter denen ihr

Papa während der Nacht gelitten hatte und dass er deswegen nicht zur Arbeit gegangen war.

Sie konnte sich nicht daran erinnern, dass er sich jemals vorher krankgemeldet hatte und dachte sich, die Schmerzen mussten daher sehr heftig gewesen sein. Irgendwie hatte sie jetzt das Gefühl, dass genau diese Schmerzen etwas mit dem Notfall zu tun hatten, von dem der Rektor sprach. Sie wartete an der U-Bahn-Haltestelle auf die U5, die sie nach Heumaden bringen würde, wo sie mit ihrer Familie seit vier Jahren wohnte. Es regnete die ganze Zeit während ihres Heimwegs. Die Fahrt mit der U-Bahn und der Fußweg zu ihrem Wohnhaus schien ewig zu dauern.

Was konnte Papa nur passiert sein? Als sie im dritten Stock ihres Hauses ankam, läutete sie an der Türklingel. Sie stand mit ihrem Ranzen in einer und ihrem Schirm in der anderen Hand und konnte kaum atmen, bis sich die Türe öffnete und ihre Oma vor ihr stand. Warum war Oma hier? Und nicht nur das, sondern warum zeigte sich auf Omas blassem Gesicht ein entsetzter, schmerzerfüllter Blick und rote, geschwollene Augen? Bevor sie etwas fragen konnte, verkündete ihre Oma „Dein Papa ist gestorben."

Die Worte erreichten sie, als wären sie durch eine Wand aus Nebel gesprochen worden. Da sie nicht wahrhaben wollte, was sie gerade hörte, schrie Laura zurück „Was?"

Ihre Oma wiederholte noch einmal „Dein Papa ist gestorben."

Sie hatte das Gefühl, durch diese Worte ohnmächtig zu werden, lies ihren Ranzen und Schirm fallen und sank mit einem herzzerbrechenden Schrei auf ihre Knie. Sie konnte einfach nicht aus diesem Albtraum erwachen, in dem sie sich scheinbar befand, und hoffte, dass ihr Schreien sie wachrütteln und sie in ihre intakte, heile Welt zurückholen würde. Dann kamen ihre Mutter und ihr Großvater in den Flur - beiden war der Schmerz tief ins Gesicht geschrieben. Auch ihre Augen waren rot und geschwollenen, genau wie die ihrer Oma.

Ein bedrohliches, unheimliches Gefühl überkam die 13-jährige, als sie die Wohnung betrat und Oma sie in die Arme nahm und wieder bitterlich zu weinen begann. Mutter und Opa waren währenddessen wieder ins Wohnzimmer gegangen. Sie waren nicht in der Lage, das Mädchen zu trösten, das immer wieder schrie „Nein... Warum... Nein Papa... Verlasse mich nicht!"

Endlich gelang es ihrer Großmutter, mit herzzerbrechenden Worten zu erklären, dass ihr einziges Kind Eugen, Lauras Papa, langsam vom Schlaf in den Tod übergegangen war, während seine Frau dachte, er sei nur endlich vor Erschöpfung eingeschlafen. Ihre Mutter forderte sie auf, ins Schlafzimmer zu gehen, wo ihr Vater noch in seinem Bett lag. Laura kniete sich langsam neben ihn nieder; es brach ihr das Herz, als sie seine leblose Hand nahm. Sein Gesicht hatte einen friedlichen Ausdruck; seine Haut war noch warm, als sie seine geliebte Hand hielt, von der sie ihr ganzes Leben so liebevoll berührt worden war.

Als kurz danach der Hausarzt kam, teilte er der Familie mit, dass der junge Mann mit gerade mal 45 Jahren einen massiven Schlaganfall erlitten hatte und gestorben war, nachdem er wahrscheinlich zuerst ohnmächtig wurde. „Wenigstens musste er nicht leiden", versuchte er die Familie zu trösten.

In diesem Moment fiel Lauras ganze Welt zusammen. Die grauen Regenwolken kamen ihr jetzt noch dunkler vor.

Ihr Vater war derjenige, der sie wirklich liebte, ganz anders als ihre Mutter, die schon immer eine Vorliebe für Lauras Bruder zeigte. Solange sie sich zurückerinnern konnte, hatte sie sich nach derselben Zuneigung von ihrer Mutter gesehnt, die ihr Bruder genoss und konnte nicht verstehen, warum diese sie nicht genauso liebte.

Bis zum Alter von 10 Jahren hatte Laura bei ihren Großeltern gelebt, da die 2-Zimmer Wohnung ihrer Eltern zu klein war, vor allem nachdem ihr 3 1/2 Jahre jüngerer Bruder geboren wurde. Sie sah ihren Bruder immer nur freitags, wenn sie mit ihren Großeltern zum Kaffee trinken kam. Oma brachte jedes Mal selbstgebackenen Käsekuchen mit. Daher war Laura sehr glücklich, als die Eltern die Möglichkeit bekamen, eine 4-Zimmer Wohnung zu mieten und sie zu ihrer Familie ziehen konnte. Nicht sehr lange nachdem Laura erstmals bei ihren Eltern lebte, bemerkte sie aber, wie unterschiedlich die Gefühle und das Verhalten ihrer Mutter gegenüber ihr im Vergleich zu ihrem Bruder waren. Laura litt sehr darunter, dass ihre Mutter ihr keine Zuneigung schenkte. Sie versuchte alles, um ihrer Mutter gefällig zu sein und um genauso geliebt zu werden wie ihr Bruder. Wenn ihr Vater liebevoll mit Laura umging, wurde ihre Mutter meistens auf die enge Verbundenheit zwischen Tochter und Vater eifersüchtig, was oft in einem Streit zwischen den Eltern endete. Nach diesen Momenten spürte Laura die Rache ihrer Mutter, die diese auf sie richtete. Einmal hatten sich ihre Eltern gestritten und ihr Vater stürmte davon, wusste aber nicht, dass Lauras Mutter ihm direkt hinterherlief. Er schlug die Tür hinter sich zu; sie streckte ihre Hand aus, um sie noch zu ergreifen, aber die Tür erwischte ihre Hand und brach ihr den mittleren Finger. Laura fühlte sich so schrecklich und unmittelbar für die Verletzung ihrer Mutter verantwortlich. Aus Reue versuchte sie alles für ihre Mutter zu tun, um ihr zu helfen. Diese aber schaffte es, dem Mädchen auf gemeine Art und Weise die Schuld dafür zu geben, dass sie den Streit ausgelöst hatte. Sie bestrafte Laura auf raffinierte Weise dafür, die Zuneigung ihres Vaters zu erhalten.

Drei Jahre später kam Lauras Schwester Becky auf die Welt. Sie schien das Lieblingskind ihrer Mutter zu sein und Laura bemerkte nun einen noch größeren Unterschied im Vergleich zu ihren Geschwistern, in der Art wie sie behandelt wurde. Häufig, wenn Laura an ihren Hausaufgaben arbeitete, schien ihre Mutter ungeduldig und frustriert über Lauras Fehler in Mathematik oder über die Rechtschreibung und Grammatik in ihren Aufsätzen. Lauras dicker, langer Pferdeschwanz war der Lieblingsangriffspunkt ihrer Mutter, den diese festhielt, um Lauras Kopf zu schütteln und sie damit vom Stuhl auf den Boden zu ziehen. Während Laura unter Tränen noch die richtige Antwort zu geben versuchte, wurde sie am Pferdeschwanz auf dem Boden entlang gezerrt. Ihre Mutter hatte am Ende mehrere Haarsträhnen in der Hand, die sie Laura ausgerissen hatte und ihre Haarspangen gingen meistens zu Bruch. Sie musste ihre Aufsätze mehrfach neu schreiben, bis sie endlich akzeptabel waren. Die Mathematik war schon damals nicht ihr Freund und wurde es auch nie. Laura versuchte alles, um es ihrer Mutter recht zu machen, vor allem da sie sehr gerne Aufsätze schrieb. Vielleicht war es gerade diese kalte, herzlose Behandlung, die sie später dazu brachte, eine Liebe fürs Schreiben zu entwickeln.

Eugen kannte seine älteste Tochter sehr gut und spürte daher manchmal eine Traurigkeit in ihrem Herzen und fragte dann, ob alles zwischen ihr und ihrer Mutter in Ordnung sei. Laura, die die Missgunst ihrer Mutter spürte, verleugnete jegliche Probleme aus Angst, dass er seine Frau zur Rede stellen und sie dann noch mehr Vergeltung ausüben würde. Laura konnte ihn nie von den Misshandlungen wissen lassen, unter denen sie litt. Sie spürte einfach schon immer, dass ihre Mutter sie nicht liebte.

Jetzt war er tot; der einzige Mensch, bei dem sie Trost fand. Ihre Welt zerfiel in tausend Scherben, als sie um ihren Papa trauerte und sich in dieser Familie wie eine Fremde vorkam, die nicht dazu gehörte.

Der Brief

Laura saß in ihrem Zimmer an jenem Samstagmorgen im Frühling 1975, einige Monate nachdem ihr geliebter Papa gestorben war. Das Leben zuhause war traurig und leer geworden. Laura wünschte sich häufig, dass dieser Albtraum enden und sie einfach in ihrer früheren, heilen Welt aufwachen würde. Stattdessen erwachte sie jeden Tag mit der schmerzhaften Erkenntnis, welch große Leere der Tod ihres Vaters hinterlassen hatte. Ihr zehnjähriger Bruder Philipp und ihre dreijährige Schwester Becky schienen zu jung, um völlig erfassen zu können, welche gravierenden Veränderungen sich gerade in ihrem Leben abspielten. Sie passten sich irgendwie der neuen Situation an. Lauras Herz allerdings war erfüllt von großer Leere. Auch ihre Oma und ihr Opa schienen den Sinn in ihrem Leben verloren zu haben, seitdem ihr einziges Kind gestorben war. Der Glanz in ihren Augen war erloschen.

Plötzlich öffnete sich die Tür und ihre Mutter betrat den Raum. Mit dem seltsamen Versuch eines ungewohnten, freundlichen Lächelns übergab sie Laura einen mit Schreibmaschine geschriebenen Brief: „Du musst das lesen. Nimm dir Zeit, denk darüber nach und dann reden wir darüber."

Das Mädchen nahm den Brief von ihrer Mutter, verwirrt von dessen offensichtlicher Wichtigkeit. Nachdem ihre Mutter das Zimmer verlassen hatte, öffnete sie den Brief langsam und las die getippten Zeilen.

Laura,

es ist schwierig, dir das Folgende zu erzählen, denn dein Vater und ich hatten geplant, damit bis zu deinem 18. Geburtstag zu warten. Da er uns nun verlassen hat, hat das Jugendamt mich gedrängt, dir zu erklären, dass ich nicht deine leibliche Mutter bin. Ich konnte den Mut nicht aufbringen, es dir persönlich zu sagen, daher dieser Brief. Dein Vater war bereits einmal verheiratet. Deine Eltern trennten sich, als du ein Jahr alt warst und ihr beide seid bei deinen Großeltern eingezogen. Er kämpfte erfolgreich um das Sorgerecht, als die beiden geschieden wurden. Damals warst du vier. Dein Vater und ich heirateten 1964, im gleichen Jahr als dein Bruder geboren wurde. Deshalb erinnerst du dich wohl nicht an deine leibliche Mutter, zu der du seit damals keinen Kontakt mehr hattest. Du weißt bestimmt noch, dass deine Großeltern sich weigerten, dich bei uns wohnen zu lassen, bis du zehn Jahre alt warst. Es war das Ergebnis des beständigen Drängens deines Vaters, der sich eine intakte Familie wünschte. Deine Großeltern, dein Vater und ich dachten, es wäre das Beste, wenn du davon nichts erfahren würdest, bis jetzt. Da ich dich niemals offiziell adoptiert habe, bin ich gezwungen, deiner leiblichen Mutter zum ersten Mal seit zehn Jahren zu erlauben, Kontakt mit dir aufzunehmen. Es ist deine Entscheidung, ob du weiterhin bei deinem Bruder, deiner Schwester und mir leben möchtest oder ob du zu deiner Mutter und ihrer neuen Familie ziehen willst. Deine Mutter ist verheiratet und hat einen Sohn, Michael, der sechs Jahre alt ist. Du musst dich nicht sofort entscheiden.

Ingrid

Die Zeilen verschwammen vor ihren Augen, als das Mädchen versuchte, die Nachricht, die ihr gerade offenbart worden war, zu verarbeiten. Zwei Gefühle kamen gleichzeitig in ihr auf: Verrat und Erleichterung.

Verrat, weil alle sie in ihrem Glauben gelassen hatten, diese Frau wäre ihre Mutter. Sie hatte so viele Jahre gelitten, weil sie nicht verstehen konnte, warum diese Frau sie nicht liebte. Erleichterung, weil sie endlich eine Erklärung dafür hatte, warum ihre Mutter sie nicht liebte und vermutlich niemals lieben konnte: Sie war ja nicht ihr eigen Fleisch und Blut. Plötzlich fiel ihr eine gewaltige Last von den Schultern; die, die sie immer weiter versuchen lies, die Liebe und Anerkennung einer Frau zu erlangen, die ihr niemals wirklich ihr Herz geöffnet hatte. Jetzt wusste sie endlich: Es war nicht ihre Schuld, dass ihre Stiefmutter sie nicht liebte.

Eine brennende Frage verdrängte jedoch ihre ersten Gedanken: Wer war diese Mutter, an die sie keinerlei Erinnerung hatte? Angestrengt durchforstete sie in Gedanken ihre Kindheit, doch sie fand nur liebevolle Erinnerungen an ihre Großeltern. In ihrem Kopf analysierte sie die Liste der ihr bekannten Verwandten und ordnete sie in verschiedene Kategorien ein. Plötzlich erinnerte sie sich an einen Vorfall: Sie war im Vorschulalter und spazierte mit ihrer Großmutter in der Nähe ihrer Wohnung im südlichen Teil von

Stuttgart. Ihre Großmutter hatte sie an der Hand genommen und sie gingen den Bürgersteig entlang, als sie plötzlich zwei junge Frauen auf der anderen Straßenseite sahen, die in die entgegengesetzte Richtung liefen. Das Mädchen erkannte sie begeistert; es waren Tante Gerda und Tante Hildegard. Freudig wollte sie über die Straße laufen, wo Tante Hildegard schon ihre Arme ausstreckte und nach ihr rief. Doch sofort verstärkte sich der Griff ihrer Großmutter um ihre Hand. Sie hielt sie fest, beschleunigte ihre Schritte und zog sie barsch weiter. „Nein, da gehst du nicht hin."

Als sie zurückschaute, nahm Laura die Enttäuschung und Empörung der beiden Tanten wahr, als sie niedergeschlagen weiterliefen.

War diese blonde Tante Hildegard ihre Mutter? Sie sah ihr im Gesicht sehr ähnlich und hatte dieselbe Haarfarbe, nicht so wie ihre schwarzhaarige Tante Gerda. Nachdem sie ihre Gedanken, Gefühle und Erinnerungen ein paar Minuten sortiert hatte, beschloss sie zu Ingrid zu gehen, um mehr Antworten auf all ihre Fragen zu bekommen. Als sie ihrer Stiefmutter gegenüberstand, war ihre erste Frage „Ist Tante Hildegard meine Mutter? Sie ist die einzige, die ich schon seit vielen Jahren nicht mehr gesehen habe."

Ingrid antwortete „Ja, sie ist es. Du erinnerst dich an sie?"

Laura erzählte von ihrer kurzen und einzigen Erinnerung an ihre Mutter.

Wie Ingrid im Brief angekündigt hatte, schlugen Sozialarbeiter des Jugendamts ein Treffen zwischen dem Mädchen und ihrer leiblichen Mutter vor. Laura war aufgeregt und nervös, während sie auf den Tag wartete, an dem sie ihre Mutter kennen lernen würde.

Hildegard

Hildegard, ihr Mann Kurt und ihr Sohn Michael kamen zu einem Besuch, den alle als sehr unangenehm empfanden. Unangenehm, weil sich Ingrid nicht gerade von ihrer besten Gastgeber-Seite zeigte, da beide Frauen sichtlich noch Groll gegen einander aus der Vergangenheit empfanden. Laura wusste nicht, wie sie das übertrieben dramatische Verhalten ihrer Mutter Hildegard interpretieren sollte, die zum Ausdruck brachte, wie sehr sie die ganzen Jahre darunter gelitten hatte, keinen Kontakt mit ihrem Kind haben zu dürfen. Deshalb kam Laura der Gedanke, dass diese leibliche Mutter sie lieben musste – nicht so wie ihre Stiefmutter. Sie wünschte sich, die neue Familie besser kennen zu lernen, da sie sich immer nur nach einem sehnte: geliebt zu werden. Ingrid stimmte zu, Laura ihre Sommerferien mit Hildegard, Kurt und ihrem Bruder Michael verbringen zu lassen.

Während der Sommerferien war ihre neue Familie nett zu ihr und Laura fühlte sich als neues Familienmitglied willkommen. Als es Zeit war, wieder zu ihrer anderen Familie zurückzukehren, schlugen Hildegard und Kurt vor, dass sie vielleicht alle Ferien mit ihnen verbringen sollte und eventuell nach ihrem Realschulabschluss für immer zu ihnen kommen könnte. Um die freudige Nachricht mitzuteilen, rief sie ihre Stiefmutter an. Noch bevor Laura ihren Vorschlag machen konnte, wurde sie von Ingrid energisch unterbrochen.

„Ich weiß, was du sagen wirst. Du möchtest dortbleiben. Das ist mir auch recht. Jetzt will ich dich auch nicht mehr. Du kannst dortbleiben. Ihr könnt nächstes Wochenende kommen und deine Sachen abholen. Ich werde alles gepackt haben."

Laura war schockiert. Diese Reaktion hatte sie auf jeden Fall nicht erwartet und sie wusste nicht, was sie sagen sollte. „Nein, deshalb habe ich nicht angerufen" sagte sie vorsichtig.

Wieder wurde sie von ihrer Stiefmutter unterbrochen, die nur wiederholte, was sie gerade gesagt hatte. Immer noch sprachlos, gab sie Hildegard das Telefon, die neben ihr stand und alles mitbekommen hatte. Das Gespräch endete plötzlich mit Ingrids Anweisungen, wann die Sachen des Mädchens abgeholt werden sollten. Sie gab ihnen keine Chance zu verhandeln.

Am nächsten Samstag fuhren sie zu Ingrids Wohnung, wo ihnen Lauras Habseligkeiten in einem großen Müllbeutel übergeben wurden. Laura durfte nicht einmal mehr in die Wohnung gehen, um sich von ihren Geschwistern zu verabschieden. „Es ist alles da", wurde ihnen mitgeteilt. Sprachlos trugen sie den Sack zum Auto und machten sich auf den Heimweg. So begann Lauras neues Leben mit ihrer neuen Familie.

Bald wurde Laura jedoch klar, warum ihre Großeltern den Kontakt zu ihrer Mutter unbedingt verhindern wollten, nachdem sich ihr Vater von ihr hatte scheiden lassen. Obwohl Hildegard anfangs übertrieben nett war, schien sie nur ihren eigenen Geschwistern und Lauras Großeltern beweisen zu wollen, dass sie es doch nach all den Jahren verdiente, Mutter zu sein. Nach ein paar Monaten kritisierte sie ihre Tochter mehr und mehr und zeigte sich unfähig, Laura die Liebe zu geben, nach der sie sich so gesehnt hatte. Es schien, als ob sie das Mädchen für alle Ungerechtigkeiten büßen lassen wollte, die ihr das Leben ausgeteilt hatte; vor allem in ihrer Ehe mit dem Vater des Mädchens, der ihr das Sorgerecht weggenommen hatte. Je mehr sie die Ähnlichkeit des Mädchens mit ihrem Vater erkannte, desto mehr Geschichten erzählte sie von schlimmen Dingen, die er ihr damals angeblich angetan hatte. Es kam Laura so vor, als ob ihre Mutter die ihr so traute Erinnerung an ihren Vater zerstören wollte. Dauernd demütigte und würdigte sie ihre Tochter herab. Auch begrenzte sie ihren Ausgang und ihre Freiheit als Teenager sehr. Sie gab ihr zahlreiche Aufgaben und behandelte sie fast wie ein Hausmädchen. Hildegard schien es weder wahrzunehmen, wie sehr sich das Mädchen Mühe machte, ihr gefällig zu sein, noch erhielt Laura jemals ein Lob für ihre Anstrengungen. Sie warf ihr oft vor zu lügen. Generell vertraute sie ihr nicht, ohne ihr überhaupt eine Chance zu geben, sich als vertrauenswürdig beweisen zu können. Oft gelang es ihr, im Wege zu stehen, wenn Verwandte dem Mädchen Zuneigung zeigten, als ob sie eifersüchtig darauf wäre, dass andere das Mädchen liebhatten. Verzweifelt suchte Laura die Bestätigung ihrer Mutter, aber immer ohne

Erfolg. Ähnlich wie bei ihrer Stiefmutter wurde ihr die Liebe verweigert, die ihrem Bruder zuteilwurde. Bald war ihre Seele verwundet und die Traurigkeit, die ihre Tante Barbara später erkannte, zeigte sich in ihren blauen Augen. Die Mutterliebe, die sie so verzweifelt suchte, blieb ihr verweigert.

Nachdem Laura ungefähr ein Jahr bei ihrer neuen Familie wohnte, wurde Hildegard sehr krank. Sie litt an einer Nierenentzündung, die sehr hohes Fieber verursachte und sie so schwächte, dass sie mehr als eine Woche bettlägerig war. Laura kümmerte sich während dieser Zeit sehr liebevoll um sie. Sie badete sie, fütterte sie, kleidete sie und gab ihr ihre Medikamente. Sie versorgte den Haushalt genauso, wie es ihre Mutter getan hätte. Zusätzlich kümmerte sie sich auch um ihren Bruder. Kurt war dankbar, als er die Hingabe sah, mit der das junge Mädchen den Platz ihrer Mutter zuhause einnahm. Wie es die Gewohnheit ihrer Mutter war, jeden Freitag einen Kuchen zu backen, so backte Laura auch einen Kuchen, damit die Familie weiter ihre normale Routine behalten konnte. Kurt war sehr zufrieden mit seiner Stieftochter und das Mädchen genoss seine Anerkennung.

Solange Hildegard an ihr Bett gebunden war, war der siebenjährige Michael nicht sonderlich um seine Mutter besorgt. Obwohl er wusste, dass sie krank war, fragte er nie nach ihr und besuchte sie auch nicht an ihrem Krankenbett. Sie fragte oft im Delirium ihres Fiebers nach Michael und jammerte, wie sehr sie es vermisste, ihren kleinen Jungen zu sehen. Sie rief nach ihm, dass er zu ihr ans Bett kommen solle, aber er zeigte kein Interesse. Stattdessen war es Laura, die ständig an ihrem Bett war, um sich um alle ihre Bedürfnisse zu kümmern. Ihre Mutter widmete dem Mädchen jedoch keine Aufmerksamkeit.

Als Hildegard wieder gesund wurde und ihr Zimmer verlassen konnte, ging sie sofort zu ihrem Sohn, um ihn zu liebkosen und ihm wiederholt zu beteuern, wie sehr sie ihn vermisst hatte. Sie fragte ihn, warum er sie nicht besuchte, als sie krank war, weil sie deswegen sehr verletzt sei. Wie man es von einem siebenjährigen Kind erwarten würde, konnte er es nicht erklären. Ihre Mutter erwähnte aber nichts von dem Kuchen, den Laura so liebevoll gebacken hatte oder von der hingebungsvollen Pflege, die sie von ihrer Tochter erhalten hatte. Wieder wartete Laura auf eine Bestätigung, die jedoch nie erfolgte. Obwohl es ihr damals das Herz brach, wurde vielleicht der Grundstein gelegt, aus dem sich eines Tages eine Betreuerin entwickeln würde, eine liebevolle Krankenpflegerin, die es sich zur Aufgabe macht, für den Rest ihres Lebens Kranke zu pflegen. Ihr Beruf würde ihr Anerkennung und die Dankbarkeit ihrer Patienten geben, die sie von ihrer Mutter nie erhalten hatte.

Während ihres letzten Halbjahres in der Realschule war sie schon ganz aufgeregt über die Amerikareise, die sie nach dem Ende ihrer Schulzeit antreten würde. Dadurch könnte sie endlich der seelischen Misshandlung ihrer Mutter entkommen.

Laura schloss die Realschule mit einem recht zufriedenstellenden Zeugnis ab; vorwiegend 2-er und nur wenige 3-er. Ihr größter Stolz war die 2, die sie in Biologie bekam, denn dies war eines ihrer schwierigsten Fächer. Voller Aufregung brachte sie am letzten Schultag ihr Zeugnis nachhause. „Schau Mama, mein Zeugnis! Und ich habe sogar eine 2 in Biologie!" Sie hoffte, ihre Mutter würde zufrieden sein. Die Antwort ihrer Mutter enttäuschte sie aber maßlos! "Wirklich? Bist du sicher, dass du nicht geschummelt hast, um diese Note zu bekommen?"

Völlig niedergeschlagen und mit Tränen in den Augen drehte sie sich um und ging in ihr Zimmer. Sie war eben nie gut genug für ihre Mutter.

Hildegard hatte eine vorübergehende Arbeitsstelle im neuen örtlichen Hallenbad angenommen, welches bald eröffnet werden sollte. Sie würde zu einer Gruppe von Frauen gehören, die das Hallenbad nach Vollendung des Baus putzen würden. Obwohl Laura eigentlich noch zu jung war, um offiziell angestellt und bezahlt zu werden, musste sie doch jeden Tag mitkommen, da ihre Mutter ihr nicht vertraute und sie nicht alleine zu Hause lassen wollte. Das Mädchen arbeitete genauso fleißig wie ihre Mutter, bekam aber nicht einmal einen kleinen Teil vom Lohn ihrer Mutter als Taschengeld.

Dort lernten Laura einen jungen Elektriker namens Markus kennen, der Stromleitungen im Hallenbad verlegte. Hildegard und auch Laura war der junge Mann sofort sympathisch. Sie plauderten jeden Tag mit ihm, wenn es die Arbeit zuließ. Laura gefiel seine ehrliche, nette Art und die aufrichtigen blauen Augen des 20-jährigen Mannes. Als ihre Arbeit beendet war und die Eröffnung bald stattfinden sollte, fragte Markus die Mutter, ob er Laura irgendwann auf ein Eis oder etwas Ähnliches ausführen dürfe. Da Hildegard dem jungen Mann schon längst ihr Vertrauen geschenkt hatte, stimmte sie zu und sie tauschten Telefonnummern aus.

Nicht lange danach rief Markus an und verabredete sich mit Laura. Sie war aufgeregt. Ihre Mutter hatte ihr noch nie erlaubt, mit ihren Freunden außerhalb der Schulzeit weg zu gehen und schon gar nicht mit Jungs. Laura war sehr überrascht über die Großzügigkeit, die ihre Mutter Markus gegenüber zeigte. Das Pärchen ging in eine Pizzeria im naheliegenden Schwieberdingen, wo Markus noch bei seinen Eltern wohnte. Diese mochten das junge Mädchen sofort und waren sehr freundlich zu ihr. An jedem Wochenende, das sie zusammen verbrachten, blühte sie in seiner und der Gesellschaft seiner Eltern und Freunde richtig auf. Bald lebte sie nur noch für die Wochenenden, an denen sie Markus treffen konnte und weg von Zuhause war, wo sie sich nicht mehr als anerkanntes Familienmitglied fühlte. Jedes Mal, wenn ihre Eltern ohne sie das Haus verließen, wurden alle Türen in der Wohnung abgeschlossen. Für Laura bestätigte das nur, für wie unehrlich sie gehalten wurde.

Markus und Laura kannten sich nun über ein Jahr und Markus hatte sich schon längst in sie verliebt. Als Zeichen dafür schenkte er ihr einen silbernen Freundschaftsring und trug selbst einen dazu passenden Ring. Laura trug ihren nur, wenn sie zusammen waren, um ihn vor ihrer Mutter zu verstecken, die ihn ihr bestimmt weggenommen hätte. Laura hatte strenge Ausgangszeiten. Obwohl sie 16 war und schon im letzten Jahr die Realschule besuchte, musste sie samstags um 22 Uhr und sonntags um 19 Uhr zuhause sein. Manchmal, wenn sie mit Markus zu einem Tanz oder einer anderen Veranstaltung ging, fragte sie ihre Mutter, ob sie ein bisschen länger bleiben dürfe. Gelegentlich erlaubte es ihre Mutter. Eines Sonntags verweigerte sie prompt Lauras Bitte und befahl ihr stattdessen, sofort heim zu kommen. Als sie Zuhause ankam, wurde sie von ihrer Mutter mit Schreien und Brüllen empfangen. „Was fällt dir eigentlich ein, noch länger wegbleiben zu wollen? Warst du jetzt dieses Wochenende nicht lange genug fort? Was hast du denn gemacht, wozu du noch mehr Zeit brauchst? Hast du denn noch nicht genug? Schämst du dich nicht, dich Gott weiß wo herum zu treiben?"

Sie schubste Laura herum, packte sie an ihrem Pullover und stieß sie in ihr Zimmer. „Was hast du und Markus überhaupt getrieben? Bist du immer noch sauber?"

Laura verstand nicht, was ihre Mutter damit meinte. Was sollte „sauber" bedeuten?

„Bist du noch sauber und unberührt?" fragte ihr Mutter weiter.

Laura war entsetzt. Anscheinend redete ihre Mutter von ihrer Unschuld. Sie hatte bisher viel zu sehr Angst gehabt, um sexuelle Abenteuer einzugehen. Es war ihr fernster Gedanke und hatte bisher noch keine Bedeutung in ihrer Beziehung mit Markus. Außerdem hatte sie sich nicht herumgetrieben, sondern einfach Zeit mit anderen anständigen jungen Leuten verbracht, die ihre gemeinsamen Freunde waren. Offenbar hielt ihre Mutter sie für unehrenhaft. Eine Tochter, für die sie sich schämte.

„Ja natürlich bin ich noch sauber!" antwortete sie, und verstand auf einmal, dass ihre Mutter die Intimität zwischen einer Frau und einem Mann als etwas Schmutziges empfand.

Plötzlich fing ihre Mutter an sie zu schlagen, während sich ihr Wutanfall fortsetzte. Das Mädchen sah keinen Grund für solche Misshandlung und war nicht bereit, diese einfach über sich ergehen zu lassen, zusätzlich zur seelischen Misshandlung, die sie ja auch schon lange ertragen musste. Sie wehrte sich gegen die Schläge und schubste ihre Mutter zurück. Hildegard war sprachlos und überrascht über Lauras Gegenwehr. Sie ließ das Mädchen los, wich zurück und begann zu hyperventilieren. Während sie um Luft kämpfte, rief sie ihren Mann. Sie hatte nicht erwartet, dass Laura sich wehren würde. Kurt kam schnell und nahm sofort wahr, dass seine Frau völlig die Fassung verloren hatte. Er half ihr aus dem Zimmer, während sie auf dramatische Weise ihre Brust ergriff. Laura hatte sich auf einen Sessel gesetzt, als ihre Mutter hinausgeführt wurde. Die angebliche Not, die ihre Mutter vorspielte, lies sie völlig gefühllos. Eine Mutter zu haben, die sie liebt, blieb weiterhin ein unerfüllter Wunsch und es brach ihr das Herz. Sie entschloss sich wegzulaufen. Sie würde wegbleiben, bis ihre Mutter sie bitten würde, wieder zu kommen – weil sie sie liebte, kein anderer Grund würde ausreichen. Sie wollte zum ersten Mal hören „Ich habe dich lieb." Kannte ihre Mutter diese Worte überhaupt?

Nachdem Hildegard und Kurt am Abend zu Bett gingen, schlich sich Laura aus der Wohnung. Ohne Krach zu machen holte sie ihr Fahrrad aus dem Keller und machte sich auf den Weg zu Markus. In ihrem Zimmer hatte sie einen Brief zurückgelassen, der ihrer Mutter erklärte, wo sie war und dass sie nicht zurückkommen würde, bis ihrer Mutter klar sei, warum sie so verletzt und unglücklich war und bis sie diese Worte aussprach, die sie so sehr hören wollte.

Die Mutter von Markus richtete ein Bett für Laura im Gästezimmer her, aber das Mädchen konnte fast die ganze Nacht nicht schlafen. Würde ihre Mutter darüber nachdenken, was sie in ihrem Brief geschrieben hatte? Würde es ihr leidtun, dass sie Laura so sehr verletzt hatte? Würde sie mit ihr darüber reden und ihr Verständnis zeigen? Empfand sie überhaupt Liebe für ihre Tochter? Schließlich hatte sie Lauras

Existenz gegenüber Kurts Familie völlig verschwiegen. Alle waren überrascht, als sie herausfanden, dass Hildegard eine Tochter hatte, die schon ein Teenager war. Hatte sie überhaupt um sie gekämpft, als Papa und sie geschieden wurden? So viele Fragen gingen ihr durch den Kopf, bis sie endlich doch voller Erschöpfung einschlief.

Laura und Markus warteten den ganzen Tag, aber ihre Mutter rief nicht an. Die Worte, die Laura von ihrer Mutter hören wollte, kamen nie. Am frühen Abend gab Laura auf und rief selbst zuhause an.

„Wo bist du?" fragte Hildegard ihre Tochter.

„Hast du meine Nachricht nicht gelesen?" antwortete Laura.

„Ja. So ein Blödsinn! Aber jetzt wird es Zeit, dass du sofort nachhause kommst." sagte Hildegard ganz kalt.

„Aber was ist mit den Dingen, die ich dir geschrieben habe?" fragte das Mädchen.

„Komm sofort nachhause oder du kannst was erleben! Was glaubst du, wer du eigentlich bist, du undankbares Ding?" hörte sie die wütende Mutter schreien.

Laura war am Boden zerstört. Ihre Gefühle waren ihrer Mutter offensichtlich vollkommen egal. Ihre Mutter übte nur ihre Autorität aus und befahl ihr nachhause zu kommen. Sie würde nie hören, was sie so gerne hören wollte. Sie hatte verloren. Schlapp von der großen Enttäuschung teilte sie Markus mit, dass sie nachhause gehen wollte und kletterte auf ihr Rad, um sich auf den Weg zu machen. Er war entsetzt von Hildegards Reaktion und versuchte Laura zu überreden, nicht heim zu gehen, sondern bei ihm und seiner Familie zu bleiben, die seiner Freundin gegenüber viel mehr Verständnis zeigte. Weil sich das Mädchen aber so geschlagen fühlte, radelte sie trotzdem los.

Als sie daheim ankam, hörte sie die Worte ihrer Mutter nur wie durch eine unsichtbare Wand. Ihr Mund bewegte sich, aber ihre Worte gingen im Nichts verloren und verletzten Laura nicht mehr.

In diesem Moment starben ihre Gefühle für die Frau, die sie auf die Welt gebracht hatte und letztendlich ihre Psyche mehr und mehr zerstörte. Wenn ihre Mutter jetzt tot umfallen würde, würde es sie nicht treffen. Sie trennte sich von jeglicher Verbindung zu dieser Frau, die sich ihre Mutter nannte. Von nun an war ihr einziges Licht in der Dunkelheit ihr Besuch bei Tante Barbara in Texas.

Es ging dem Ende des Schuljahres zu. Die Entscheidung, dass Laura nach Amerika gehen werde, war schon gefällt, aber sie durfte keinem ihrer Freunde davon erzählen. Sie befürchtete, dass ihre Eltern es sich anders überlegten, wenn sie sich nicht an diese Abmachung hielte. Markus fragte sie oft danach, was sie nach der Realschule machen werde. Alle ihre Klassenkameraden hatten schon Lehrverträge abgeschlossen oder wollten auf weiterführende Schulen gehen. Jedes Mal, wenn sie von ihren Freunden und auch Markus nach ihren Plänen gefragt wurde, vermied sie eine Antwort zu geben. Eines Tages lies Markus es aber nicht mehr zu, dass sie das Thema wechselte oder die Frage umging.

Er sagte „Jetzt sage mir endlich, was du machen wirst. Du musst ja schließlich nach deinem Schulabschluss etwas vorhaben."

Er hätte es ihrer Mutter auf jeden Fall zugetraut, etwas Unvernünftiges für die Zukunft des Mädchens zu entscheiden. „Ich verdiene es, dass du es mir sagst!" appellierte er an sie.

„Okay. Ich werde es dir sagen, aber du darfst es niemand weitersagen und egal was kommt, du darfst meine Eltern nie wissen lassen, dass ich es dir gesagt habe!" drängte sie ihn.

Er versprach ihr, dass er es nicht verraten würde.

„Ich werde eine Tante in Amerika besuchen," sagte sie zögernd. Er schaute sie entsetzt an.

„Nein! Warum musst du nach Amerika gehen?" fragte er.

„Ich muss nicht gehen. Ich will gehen!" antwortete sie.

Markus kannte Lauras Mutter und glaubte ihr deshalb nicht. Bestimmt zwang die böse Mutter ihre Tochter gegen ihren Willen nach Amerika zu gehen. Das konnte er nicht zulassen! Er liebte sie. Er würde um ihre Hand anhalten, um sie vom Plan ihrer Mutter, sie wegzuschicken, zu bewahren.

Ein paar Tage, nachdem Markus diese beunruhigende Neuigkeit erfahren hatte, rief er Lauras Mutter an und vereinbarte einen Besuch bei ihren Eltern um „etwas Wichtiges zu besprechen." Als Laura von seinem geplanten Besuch hörte, wurde sie nervös. Was wollte er besprechen? Kurz bevor er ankam, fragte Kurt seine Stieftochter eindringlich, ob sie ihm von ihrer geplanten Reise nach Amerika erzählt hatte. Zum ersten Mal log sie ihm direkt ins Gesicht und sagte „Nein."

Markus kam und sie versammelten sich alle in der Küche. Kurt fing als Erster an zu fragen „Also, über was möchtest du mit uns sprechen?"

Markus holte tief Luft und sagte „Laura hat mir gesagt, dass sie nach Amerika gehen wird. Ich möchte nicht, dass Sie sie wegschicken. Ich liebe sie und möchte sie heiraten. Zwingen Sie sie nicht, dorthin zu gehen!"

Laura traute ihren Ohren nicht. Sie wurde wütend. Hatte sie ihm nicht gesagt, er dürfe nie zugeben, dass er es wusste? Jetzt würde es sich ihre Mutter sicherlich anders überlegen, vor allem da sie jetzt dachte, sie seien ineinander verliebt. Und so war es auch. Ihre Mutter war verärgert. Mit funkelnden Augen, wütend darüber heraus zu finden, dass ihre Tochter ihr Geheimnis verraten hatte, fragte sie „Ist das wahr? Willst du ihn heiraten?"

Laura schrie „Nein! Das will ich nicht! Ich möchte nach Amerika! Ich liebe ihn doch gar nicht!" In ihrer

Panik, verursacht durch die Angst, dass sie vielleicht nicht gehen dürfe, bemerkte sie gar nicht, wie Markus dadurch gekränkt war, dass sie das so ganz ohne Emotionen sagte. Laura fühlte offensichtlich nicht dasselbe wie er. Hildegard fragte ihn „Liebst du sie?"

Sofort und ganz aufrichtig antwortete er „Ja, das tue ich."

„Dann ist es so beschlossen. Du bleibst hier und ihr werdet heiraten." verkündete Hildegard.

Laura wollte Markus erwürgen.

„Siehst du, was du jetzt getan hast!" schrie sie ihn an. „Ich will dich nicht heiraten! Ich will nach Amerika gehen! Wir müssen gar nichts mehr besprechen. Gehe jetzt einfach!" Sie stürmte in ihr Zimmer. Kurz danach hörte sie, wie Markus ging. Sie hasste ihn so sehr dafür, dass er ihren Traum ruiniert hatte!

Sofort rief Hildegard ihren Schwager Eugen an, der den Flug nach Texas gebucht hatte. Sie teilte ihm mit, dass das Mädchen nicht gehen dürfe und er den Flug sofort stornieren solle. Laura war am Boden zerstört. Sie blieb in ihrem Zimmer und weinte und jammerte. Immer wieder suchte sie ihre Mutter auf, um zu betteln „bitte lass mich gehen" und „ich will Markus nicht heiraten, weil ich ihn nicht liebe."

Endlich gelang es ihr, ihre Mutter umzustimmen und sie gab nach. Sie rief ihren Schwager an und teilte ihm mit, dass ihre Pläne sich wieder geändert hatten.

Sie fragte ihn, ob der Flug schon storniert war. Irgendwie hatte er sich gedacht, dass es eine impulsive Entscheidung gewesen war, und erwartete, dass sich ihre Meinung wieder ändern würde. Der Flug war noch reserviert. Laura war überglücklich! Von da an zählte das Mädchen jede Stunde bis zu ihrer Abreise. Sie wusste allerdings nicht, dass Markus mehrere Male anrief, aber nie mehr mit ihr reden und sie auch nicht mehr vor ihrer Abreise sehen durfte. Bis dahin wurde sie von ihrer Mutter komplett von ihren Freunden und ihrer Welt, wie sie sie bisher kannte, abgeschnitten. Sie flog weg, ohne sich noch einmal von ihren besten Freunden oder von ihren Geschwistern Philipp und Becky verabschieden zu können. Und Markus verlor seine erste Liebe für immer.

An diesem besonderen Tag im Juni saß Laura im Auto ihres Stiefvaters, als sie auf dem Weg zum Flughafen waren. Plötzlich wurde ihr klar, welch großes Opfer ihre Flucht aus dem Aschenputtel -Leben von ihr fordern würde. Es bedeutete, dass sie ihre geliebte Oma und ihren Opa verlassen würde! Die enge Verbindung zu ihren Großeltern, die sie so liebevoll aufgezogen hatten, würde durch die große Entfernung, die sie bald trennen würde, sehr erschwert werden. Und das war ihr großes Opfer. Die letzten zwei Jahre mit ihrer Mutter hatten ihre Lebensfreude und ihr Selbstbewusstsein zerstört. Sie wusste nicht, wie sie sich anders hätte retten können.

Als sie am Flughafen ankamen, war ihre Oma schon da, um sich von ihrer Enkelin zu verabschieden. Opa war todunglücklich, seine „kleine Didi" zu verlieren, wie er sie ihr Leben lang genannt hatte. Er konnte es einfach nicht ertragen, ihren Abflug mit anzusehen. Das Einchecken am Flughafen schien ewig zu dauern. Immer wieder überkam Laura eine Panik, aus Angst davor, dass irgendetwas schiefgehen und dass das Ganze nie zu Stande kommen würde. So sehr es auch weh tat, sich von ihrer Großmutter zu verabschieden, wollte sie, wenn möglich, nie zurückkommen. Sie war sich sicher, dass hinter dem Ozean ein viel besseres Leben auf sie wartete. Die fahrbare Treppe rollte vor die riesige Boeing 727, die sie bald hoch in die Wolken zur Freiheit tragen würde - in das Land der unbegrenzten Möglichkeiten, wie es von allen genannt wurde. Sie verabschiedete sich liebevoll und unter Tränen von ihrer Großmutter und spürte deren Kummer. Dann drehte sie sich weg, um die Treppe zu betreten. Sie lief schnell, während sie den Atem anhielt, um sicher zu sein, niemand könnte sie aufhalten. Nicht ein einziges Mal drehte sie sich nach ihrer Mutter um, von der sie sich eigentlich nicht richtig verabschiedet hatte. Merkte ihre Mutter nicht, dass ihre Tochter keine Worte für sie übrighatte, keine Umarmung, keinen Kuss, keine Tränen? Laura konnte erst wieder atmen, als sie bei der freundlichen Stewardess ankam, die sie herzlich begrüßte mit Worten, die für Lauras Ohren wie Musik klangen: „Willkommen bei Lufthansa Flug Nummer 418 nach Chicago. Vielen Dank, dass Sie heute mit uns fliegen."

Ankunft in Abilene

Der Flug dauerte fast 10 Stunden. Die Tatsache, dass die Entfernung zwischen ihr und ihrer Mutter ständig größer wurde, erweckte in Laura das Gefühl, immer lebendiger zu werden. Je näher sie ihrem Ziel kamen, desto gesprächiger und lebhafter wurde sie. Der Vorhang vor ihren Augen verschwand immer mehr und das helle Blau begann wieder zu glänzen. Als das Flugzeug in Chicago landete, wurde Laura gleichzeitig nervös aber auch beschwingt. Sie war tatsächlich in den Vereinigten Staaten von Amerika angekommen und betrat zum ersten Mal amerikanische Erde. Sie fühlte sich wirklich frei. Es war ja schließlich „The land of the free". Was könnte sie tun, um ihre neue Freiheit zu feiern? Schon mit 14 hatte sie mit ihren Freunden experimentiert und ab und zu Zigaretten geraucht. Da ihre Mutter sehr streng war, gab es kaum eine Möglichkeit, sich mit ihren Freunden zu treffen. Rauchen war noch das Aufmüpfigste, was die sonst arglosen Teenager angestellt hatten. Um ihre Freiheit zu feiern, entschloss sie sich, das zu tun, womit sie gegen ihre Mutter am meisten rebellieren konnte: Eine Zigarette zu rauchen. Sie lief auf eine Frau zu, die auf einer Bank in der Nähe ihres Gates saß und eine Zigarette genoss. Sie sammelte all ihren Mut und wusste, dass sie von nun an Englisch sprechen muss, näherte sich der Frau und sagte „Excuse me, could I ask you for a cigarette?"

Die Frau schaute das Mädchen an und merkte, wie nervös sie war. Sie lächelte. „Certainly", sagte sie und hielt ihr die Packung entgegen. Laura nahm sich eine Zigarette und zündete sie an, bedankte sich und lief weiter. Sie nahm ein paar Züge von der Zigarette und dachte sich „So also schmeckt Freiheit."

Ihr Anschlussflug dauerte etwa eineinhalb Stunden bis sich das Flugzeug zur Landung in Dallas vorbereitete. Im Flieger wurde sie immer aufgeregter, als sie sah, wie Texas unter ihrem Fenster erschien. Was für ein Unterschied bestand zwischen der Landschaft ihrer Heimat mit den wunderschönen Hügeln und dem Südwest-Staat, der bis zum Horizont völlig eben war. Es gab endlose braune Prärie und verschiedene Felder, die sie als Weizenfelder, Maisfelder und Baumwollfelder erkannte. Erst als sie sich der Metropole Dallas näherten, sah sie viele Parks, Seen und grüne Flächen, aber keinen einzigen Hügel oder Erhebungen. Die Sonne brannte erbarmungslos über Texas und es war keine einzige Wolke am Himmel. Der Kapitän gab über den Lautsprecher bekannt, dass die Temperatur am Zielort ungefähr 38° C betrug.

Tante Barbara und Wayne standen aufgeregt in der Menge, die erwartungsvoll vor dem Gate wartete und ihre Angehörigen suchten. Sie erkannten das Mädchen sofort, als sie aus dem Durchgang kam. Als Laura sie sah, dachte sie sich erfreut „Wie sehr amerikanisch sie aussehen."

Barbara trug knallrote Polyester-Schlaghosen, eine bunte Polyester-Bluse, hochhackige schwarze Lacksandalen, hatte hochgekämmtes schwarz gefärbtes

Haar, dickes Eyeliner-Makeup und knallroten Lippenstift. Wayne war mit Wrangler-Jeans, einer großen silbernen Gürtelschnalle, Cowboy-Stiefel, Cowboy-Hemd, Cowboy-Hut und einem Schnurrbart der erste echte Cowboy, den Laura je zu sehen bekommen hatte. Sie hatte so ein Ensemble bisher nur in der TV-Sendung „Bonanza" gesehen. Gibt es hier wohl auch Pferdekutschen?

Barbara freute sich offensichtlich sehr, ihre Nichte zu sehen. Ihre zwei Kinder Max und Connie waren beide verheiratet. Connie war in den Nachbarstaat Oklahoma gezogen und Max wohnte nicht weit von seiner Mutter entfernt in Abilene. Barbara freute sich darüber, dass durch Laura wieder etwas junges Leben in ihr Haus kam. Das Mädchen brachte selbstgebrannten Pflaumenschnaps von Barbaras Vater mit. Dies war Barbara das Liebste aller Souvenirs, die ihre Nichte aus der Heimat mitgebracht hatte. Sobald sie ihre Koffer erhielt, fuhren sie in Richtung Westen. Bald würde sie ihr neues Zuhause kennenlernen: West-Texas. Je mehr sie sich von Dallas entfernten, desto mehr verschwand die grüne Landschaft und immer mehr Prärie zeigte sich. Tante Barbara sagte, die Fahrt werde vier Stunden dauern. Nach einer Weile sah das Mädchen nur noch graue Steine und trockene Prärie, soweit sie schauen konnte; gelegentlich ein paar Prärie-Büsche. „Sieht es hier überall so aus?" fragte sie sich. Sie konnte sich an eine viel schönere Landschaft in der TV-Serie „The Streets of San Francisco" erinnern. Anscheinend unterschied sich Texas sehr von Kalifornien.

Endlich kamen sie in Abilene an. Als sie aus dem Auto stieg, war sie von der Wand aus Hitze überrascht, gegen die sie prallte. „Ach du mein Gott, wie heiß es hier ist!" sagte sie in ihrer Verwunderung.

„Ja, es hat heute ungefähr 41°Grad im Schatten. Das ist normal hier im Sommer," antwortete Barbara.

Laura hatte noch nie solch hohe Temperaturen erlebt, nicht einmal im Urlaub in Italien. Aber die Amerikaner waren offenbar darauf vorbereitet. Sobald sie das Haus betraten, schaltete Wayne sofort einen viereckigen Kasten an, der sich in jedem Fenster des Hauses befand und den man „air conditioner" nannte. Er machte zwar viel Lärm, aber blies kühle Luft ins Zimmer, die es bald viel angenehmer im Haus machte. Das Mädchen dachte sich, dass es draußen tagsüber wohl unerträglich heiß war, nahm aber an, dass es sich abends abkühlen würde, sodass man den malerischen Garten hinter dem Haus genießen könne. Sie wusste zu diesem Zeitpunkt aber noch nicht, dass man ohne diese Klimaanlage weder am Tag noch in der Nacht auskommen würde, denn auch nachts kühlte es sich kaum ab. In den sechs Sommermonaten verbrachten die Leute sehr wenig Zeit in ihren Gärten, weil es viel zu heiß und unangenehm war.

Barbara führte das Mädchen in ihr neues Zimmer. Es war sofort erkennbar, wie viel Mühe sie und Wayne sich gegeben hatten, um das Zimmer schön und gemütlich für das neue Familienmitglied zu gestalten. Die Wände waren frisch in einem sanften

Gelb gestrichen und mit südwestlichem Dekor geschmückt, was in dieser Region sehr beliebt war, wie Laura später herausfand. Der Kleiderschrank war in die Wand eingebaut und stand nicht frei, wie sie es von Zuhause gewohnt war. Eine ganze Reihe Metall-Kleiderbügel hingen bereit, die Kleider des Mädchens aufzunehmen. Sie fühlte sich sehr willkommen. Ein schmiedeeisernes Doppelbett war mit einem frischen, pastellfarbenen Bettbezug bezogen. Anstatt einer Daunendecke, wie sie es von Zuhause gewöhnt war, gab es eine leichte Decke, die man „bedspread" nannte. Sie verstand, dass man wohl Daunendecken hier nicht brauchte, wenn es im Sommer so heiß ist. Als sie das alles so in sich aufnahm, zeigte sich ein Lächeln, fast ein Strahlen auf ihrem Gesicht. Barbara nahm ihre Hand und sagte „Fühle dich ganz Zuhause. Wir möchten, dass du dich hier wohl fühlst. Und eines sollst du wissen: Vergiss deine Mutter – hier tun wir Dinge auf unsere eigene Art und Weise!"

Da sie diese Worte überraschten, bekam sie ganz große Augen und wusste nicht genau, was ihre Tante damit sagen wollte. Ihre Tante setzte fort „Ich weiß, wie streng und harsch deine Mutter ist. Mir ist Einiges aufgefallen, als ich zu Besuch bei euch war. Es kam mir so vor, als ob sie dich wie eine Bedienstete behandelt hat und nicht wie eine Tochter, die sie liebt und schätzt. Ich weiß nicht, was mit ihr nicht stimmt. Ich glaube, sie ist einfach ein wenig verrückt. Vergiss sie! Jetzt bist du bei uns."

Nachdem die Tante das Zimmer verlassen hatte, fing Laura an auszupacken. Als sie sich auf ihre Reise vorbereitet hatte, packte sie ihre zwei Koffer nur mit ihren allerliebsten Kleidern. Viele ihrer Sachen wurden gleich weggenommen, nachdem sie von ihrer Stiefmutter zu ihrer Mutter kam. Zuvor war ihre Kleidung passend und modisch für einen 14-jährigen Teenager im Jahr 1975 gewesen. Bald aber kassierte ihre Mutter die modischen Kleider und ersetzte sie mit ihren eigenen abgetragenen Kleidungsstücken, die eher zu einer 40-jährigen Frau passten. Laura schämte sich oft, wenn sie von ihren Klassenkameraden wegen ihren viel zu großen Hosen und altmodischen Blusen gehänselt wurde. Sie hatte für ihr Gepäck ihre Lieblingssachen ausgesucht, vor allem auch Schmuck, den sie vor ihrem Umzug zu ihrer Mutter geschenkt bekommen hatte. Etwas, was ihr sehr am Herzen lag, war eine Taschenuhr an einer silbernen Kette; ein Geschenk von ihrer Tante Uschi. Sie versicherte sich am Tag vor ihrem Abflug, dass sie auch wirklich eingepackt war und freute sich darauf, sie jetzt so oft wie sie wollte zu tragen, ohne dass es ihre Mutter verbieten konnte. Sie suchte überall. Die Uhrenkette und auch andere Dinge waren weg, die für sie sentimentalen Wert hatten. Dabei hatte sie sehr bedacht ihren Koffer gepackt. „Diese Hexe", dachte sie und jetzt kamen ihr Tränen aus Ärger und Wut. Ihre Mutter hatte sich heimlich an ihren Koffer geschlichen und diese besonderen Sachen noch kurz vor ihrer Abreise herausgenommen. Ihre gemeinen Handlungen und beherrschende Art, die Laura so kränkten, hatten sie sogar tausende von Kilometern über den Ozean verfolgt. Wieso machte es dieser Frau auch noch Spaß, sie zu plagen, kurz bevor sie fortging? Ihre Mutter hatte Laura jeglichen Kontakt mit ihrer Stiefmutter, ihren Geschwistern und all ihren lieben Schulfreunden verboten, nachdem sie zu ihr kam. Keiner aus ihrer Abschlussklasse wusste von ihrer mysteriösen Abreise, da sie niemandem davon erzählen durfte. „Was hatte das Alles für einen Sinn?" fragte sie sich. „Sollte mein ganzes vorheriges Leben gelöscht werden?" Sie hörte die Worte ihrer Tante wieder „Vergiss sie – jetzt bist du hier bei uns."

Sobald es ihr möglich war, begann sie an alle zu schreiben, die ihr lieb waren und deren Adressen sie wusste. Viele ihrer Freunde blieben ihr treu und schrieben ihr regelmäßig zurück. So hielten diese Freundschaften ein ganzes Leben.

Auch mit ihrer Stiefmutter und ihren Geschwistern nahm sie wieder Kontakt auf. Ingrid hatte anscheinend einen Sinneswandel erlebt und freute sich, von Laura zu hören. Sie erneuerten ihre Beziehung, die sehr liebevoll und herzlich wurde. Wie nie zuvor gab sie Laura Anerkennung und Güte und später liebte sie auch Lauras Kinder bis zu ihrem Tode im Jahr 2004. Laura spürte nun Ingrids Liebe, ihre Wunden heilten und sie lernte zum ersten Mal zu vergeben.

Laura war inzwischen ein paar Wochen bei Barbara und Wayne, als sie bekannt gaben, dass sie eine Reise nach Oklahoma planten, um ihre Tochter Connie zu besuchen. Sie würden zu einem kleinen Ort namens

„Mangum" fahren, der drei Stunden entfernt war. Connie, die Laura noch nicht kannte, war sechs Jahre älter als Laura. Sie freute sich, ihre neue Cousine kennen zu lernen.

Mangum war wirklich ein sehr kleiner Ort, wie aus einem Western. Die meisten Einwohner waren Farmer oder Tierzüchter, aber alle sahen aus wie Cowboys. Während der Fahrt nach Abilene erzählte Barbara von Connie und ihrem Sohn Max. Sie waren beide in Deutschland geboren und wurden von Barbara und ihrem amerikanischen Mann adoptiert. Barbara hatte den US-Soldaten kennengelernt, während er dort stationiert war. Ein paar Jahre, nachdem sie wieder in den Staaten lebten und auf Dyess Airforce Base in Abilene stationiert waren, ging ihre Ehe zu Ende. Sie war nun zum vierten Mal verheiratet. Wie sehr amerikanisch das Laura vorkam, da sie eigentlich nur ihre eigenen Eltern kannte, die geschieden waren. Scheidungen kamen in Deutschland zu dieser Zeit sehr selten vor. Connies Mann Rodney war Wayne sehr ähnlich. Er trug auch Cowboy-Stiefel, Jeans und einen Cowboy-Hut. Man sah ihn immer mit einer Backe voller Kautabak, was Laura völlig fremd war. Alle freuten sich über Lauras Besuch und hießen das deutsche Mädchen von ganzem Herzen willkommen. Das Wochenende war voller neuer Gerichte, die Laura noch nie probiert hatte; zum Beispiel Fried Chicken, amerikanischem Kartoffelsalat, grünem Bohnenauflauf, Maiskolben und vor Allem – Biscuits. Laura verliebte sich in Biscuits! Eistee wurde literweise getrunken. Es war wahrhaftig ein wundervolles Wochenende in Oklahoma. Laura bewunderte, wie außergewöhnlich diese „Amis" waren. Ami war in Deutschland der Spitzname für Amerikaner. Er entstand, als so viele US-Soldaten nach dem zweiten Weltkrieg in Deutschland stationiert waren. Laura liebte es, von ihrer neuen Ami-Familie umgeben zu sein, denn sie waren so lieb und lustig und anders.

Als sich Barbara und Wayne wieder auf die Rückreise vorbereiteten, überraschte Connie sie alle mit einem Vorschlag: Wie wäre es, wenn sie an ihrem nächsten Wochenende nach Abilene kommen würde, um Laura für ein paar Wochen nach Mangum mitzunehmen, so dass sie ihren Sohn William behüten könnte, der noch nicht ganz ein Jahr alt war. Der Vorschlag, Zeit bei ihrer Cousine zu verbringen, begeisterte Laura sofort, weil der Altersunterschied zwischen den beiden geringer war. Außerdem gefiel ihr die Idee, Au-pair für Connies Sohn zu sein. Und so wurde es dann beschlossen.

Diego

An einem Wochenende im August kam Connie nach Abilene. Laura packte einen kleinen Koffer mit Kleidung für ein paar Wochen und fuhr mit ihrer Cousine nach Mangum. Das Mädchen kümmerte sich um William, während Connie jeden Tag zur Arbeit ging. Laura empfand, dass sie einen Zweck erfüllte und war gerne bei dem Jungen. Connie arbeitete in einem Drive-in-Restaurant mit dem Namen „Dairy Queen". Es gab diese Drive-in-Restaurants in Deutschland nicht, aber in USA waren sie sehr beliebt. Sie schienen nicht sehr umweltfreundlich zu sein, da die Gäste ihre Motoren manchmal sehr lange laufen ließen, während sie in der Schlange auf ihre Bestellungen warteten. Das wäre in Deutschland niemals erlaubt! Es war wirklich eine total andere Welt, in der sie nun lebte, dachte sich Laura; aber sie fühlte sich lebendig und glücklich, weil alle Menschen um sie herum so lieb zu ihr waren. In einem kleinen Ort wie Mangum war ein Besucher aus Deutschland fast eine Attraktion und es sprach sich sehr schnell herum. Eines Tages wollte Connie sie auf einen „Dipcone" von der Dairy Queen einladen. Hierbei handelte es sich um Eis am Stiel, welches in flüssige Schokolade eingetaucht wurde.

Als Laura bei Dairy Queen ankam, stellte Connie sie allen Kollegen im Restaurant vor, unter anderem auch einem Jungen namens Diego, der gerade zur Theke kam. Er war ein bisschen kleiner als Laura, hatte schöne olivfarbene Haut, tiefbraune Augen, trug eine Brille und hatte prächtiges schwarzes lockiges Haar, schöne weiße Zähne und ein sehr charmantes Lächeln. Er war, wie Laura, 16 Jahre alt. Mangum hatte viele Einwohner mit mexikanischen Wurzeln, die aber in den USA geboren waren. So war es auch mit Diego. Viele von ihnen hatten amerikanische Spitznamen, was auch der Grund dafür war, dass er ihr als Tony vorgestellt wurde, obwohl sein gesetzlicher Name Diego war. Die Augen der beiden Teenager trafen sich kurz und Laura fühlte sich von der Tiefe seiner dunkelbraunen Augen gefesselt, die ihre zu durchdringen schienen. Reizvolle Fältchen bildeten sich um seine Augen mit jedem Lächeln, das er Laura schenkte, als Connie ihre Cousine aus Deutschland vorstellte. Ein echtes europäisches Mädchen kennen zu lernen, schien ihn zu faszinieren. Die beiden Teenager plauderten immer, wenn Connie Laura zur Arbeit mitbrachte und manchmal machte Laura sogar abends alleine einen Spaziergang zur Dairy Queen. Sie erzählten sich von den verschiedenen Welten, aus denen sie kamen. Tony sprach von seiner Mutter Imelda, die seinen Vater vor Jahren verlassen hatte und sich nun als alleinerziehende Mutter mit ihren drei Kindern durchkämpfte. Tony war mit 16 Jahren der Jüngste, ihrer Tochter Carmen war 18 und der älteste Sohn Dario war 20. Tony und Laura trafen sich fast an jedem Tag, an dem er arbeitete. Außer bei der Dairy Queen arbeitete er auch zusammen mit seiner Schwester Carmen am Wochenende im örtlichen Autokino. Unter der Woche war er Schüler in der 11. Klasse der Mangum High School. Seine Schule hatte eine große Marching-Band, in der Tony Stabführer war. Laura ging gerne mit Tonys Freunden zu seinen Football-Spielen, um ihn zu beobachten, wie er in seiner stattlichen Uniform die Band dirigierte. Ihr Herz machte fast einen Satz, als sie ihn zum ersten Mal das Spielfeld betreten sah. Wie majestätisch er aussah – fast wie ein Prinz in Uniform. Er was definitiv der am besten aussehende Junge in seiner Klasse. Laura war stolz, seine Freundin zu sein und fühlte sich geehrt, dass er sie auch mochte. Oft wartete sie, bis seine Schicht bei der Dairy Queen endete, um sich im naheliegenden Park mit ihm zu treffen. Dort verbrachten sie zahlreiche Stunden, meist bis in den frühen Morgen, damit, über Alles und Jedes zu reden.

Eines Abends, als sie beide auf einer Schaukel saßen, erzählte Laura über den Tod ihres Papas und wie dieses unerwartete Ereignis die Wahrheit über ihre Stiefmutter ans Licht und dadurch ihre leibliche Mutter in ihr Leben brachte. Ein Ausdruck von inniger Liebe in ihren tiefblauen Augen war unübersehbar, als sie von ihrem Papa sprach. Der dunkle Schleier, der sich über ihre Augen legte, während sie von ihrer Mutter sprach, berührte Tony sehr. Er konnte viel Ähnlichkeit zwischen ihrem und seinem Leben erkennen. Ihre Mutter war seiner Mutter sehr ähnlich: Dominierend, streng und lieblos. Seine Mutter war nur daran interessiert, dass ihre Kinder arbeiteten und ihr dann all ihr Geld übergaben. Tony und seine Geschwister mussten immer wieder mitansehen, wie ihr schwer verdientes Geld sich unverzüglich in Bier verwandelte. Sie mussten oft ertragen, wie ihre betrunkene

Mutter sie und ihre Partnerin Maria erniedrigte und schikanierte. Laura teilte ihm ihre Absicht mit, nie mehr zu ihrer Mutter zurück gehen zu wollen. Sie war jetzt unter Leuten, die sich aufrichtig um sie sorgten, und war so glücklich in ihrer neuen Welt. Tonys Augen waren ganz auf Lauras Gesicht fixiert, als schaue er ihr direkt in die Seele. Er hatte solches Mitleid für sie und er wollte so sehr, dass der Glanz in ihren schönen Augen erhalten blieb. Er lehnte sich zu ihr, küsste sie und sagte „Du musst nie wieder zurück."

So kam es, dass diese zwei zerbrechliche Seelen Trost und Kraft ineinander fanden und sich eine zärtliche, junge Liebe entwickelte.

Tony konnte nie diesen besonderen Abend vergessen, an dem sich Laura entschloss, ihn während seiner Schicht bei der Dairy Queen zu überraschen. Connie und ihr Mann waren schon zu Bett gegangen, als Laura beschloss, sich Connies Auto zu „leihen", um Tony am Drive-in-Fenster zu besuchen. Sie nahm den Autoschlüssel, der an seinem üblichen Platz beim Kamin lag, schlich sich auf Zehenspitzen vors Haus, löste die Handbremse und lies das Auto von der Auffahrt auf die Straße rollen. Wegen der lauten Klimaanlage würden Connie und ihr Mann das Starten des Motors jetzt bestimmt nicht mehr hören. Noch ein weiterer Vorteil von Klimaanlagen! Das Auto startete und Laura, die noch nicht einmal einen Führerschein hatte, verließ sich auf ihre Erinnerung, wie das Auto zu bedienen ist. Das Auto begann langsam zu rollen. Das war gar nicht so schwer, und Gott sei Dank war um diese späte Zeit sonst niemand auf den Straßen von Mangum. Sie lenkte das Auto in die Drive-in-Spur der Dairy Queen. Sie entdeckte Tony, der sich dem Fenster näherte. Als er Lauras Gesicht sah, wurde er regelrecht schwach in den Knien. Sein Herz machte einen Satz, als sich ihre Blicke trafen. Von diesem Augenblick an wusste er, dass er dieses Mädchen liebte. Seine Augen, die wirklich ein Fenster zu seinem Herzen waren, strahlten Überraschung, Verehrung und Zuneigung aus. „Was machst du!" fragte er, noch immer vom Lächeln des Mädchens hypnotisiert.

Sie antwortete „Dich besuchen kommen!"

Er bat sie, das Auto zur Seite auf einen Parkplatz zu fahren und ein paar Minuten zu warten, bis seine Schicht zu Ende war. Als er sich zu ihr in das „geliehene" Auto setzte, warnte er Laura, in dem er sagte „Du weißt ja, dass Connie dich umbringen wird, wenn sie das herausfindet."

„Ja, ich weiß" antwortete Laura mit einem schelmischen Grinsen. Dann küsste er sie und fühlte sich geehrt, dass sie solch ein Risiko für ihn eingegangen war.

Hildegard war zornig, als sie von der Beziehung zwischen Laura und diesem mexikanischen Jungen hörte. Was stellte sich Laura eigentlich vor, sich mit 16 schon zu verlieben? Auch Tonys Mutter war gegen ihre Beziehung. Diese wollte die beiden unter allen Umständen voneinander fernhalten und daher schickte sie Tony zu seinem Vater, der weit weg, auf einer entlegenen Farm im Westen von Oklahoma wohnte. Die Eltern mussten aber feststellen, dass die beiden umso mehr zusammenhielten und sturer wurden, je mehr man versuchte, sie auseinander zu bringen. Sie bettelten beide ihre Mütter an, ihnen die Erlaubnis zum Heiraten zu geben, weil sie so verliebt waren. Tonys Mutter gab zuerst auf. Er durfte von der Farm seines Vaters zurückkommen. Lauras Mutter reagierte wie immer ohne Mitgefühl oder Verständnis und drohte ihr, einen sofortigen Rückflug nach Deutschland zu buchen. Laura entgegnete ihrer Mutter, sie würde unter keinen Umständen zurück nachhause kommen und wenn es sein müsse, würde sie mit Tony durchbrennen, dahin, wo sie niemand finden würde. Am Ende war es Kurt, der Hildegard dazu überredete, das Mädchen heiraten zu lassen. Er erinnerte sie daran, als Markus um die Hand ihrer Tochter bat und sie es zulassen wollte. Dieses Mal schien sie wenigstens wirklich verliebt zu sein. Hildegard gab schließlich nach.

Nach vieler Luftpost hin und her zwischen USA und Deutschland war es endlich soweit, dass die übersetzte und beglaubigte Einwilligung eintraf, sodass die beiden heiraten konnten. Sogar Tonys Mutter bekam ein weiches Herz, als sie das Dokument unterschrieb, weil ihr die Entschlossenheit ihres Sohnes bewusst wurde, der seine Liebe für Laura aufrichtig beteuerte.

Das junge Paar wohnte schon vor ihrer Hochzeit bei Imelda und auch weiterhin danach, bis sie genug Geld für eine eigene Wohnung sparen konnten. Ihr Haus war alt und renovierungsbedürftig, aber dafür reichte das Geld nicht aus. Es wohnten dort Imelda, Carmen, Tony, Maria mit ihrem Sohn Frankie und nun auch Laura. Imeldas ältester Sohn Dario war verheiratet und wohnte nicht sehr weit entfernt.

Tony hatte seine Braut schon vor seiner Mutter gewarnt. Er erklärte Laura, dass sie eine sehr dominierende, einschüchternde Frau sei. Seit sie von seinem Vater geschieden war, hatte sie mehrere gleichgeschlechtliche Partner gehabt. Ihre derzeitige Partnerin Maria und ihr Sohn Frankie lebten seit einigen Jahren bei ihnen. Fast jeder fürchtete sich vor Imelda, sogar ihre Kinder und auch Laura, nachdem Tony von ihr erzählte. Imelda machte keine Anstalten zu verschweigen, dass sie keine „Gringos" oder „Weiße" mochte. Es war eigentlich immer ihr Wunsch gewesen, dass ihre Kinder alle innerhalb ihrer mexikanischen Kultur heiraten würden. Deshalb war Laura schon von Anfang an im Nachteil. Obwohl Imelda sehr gut Englisch sprach, zeigte sie ihre Missachtung Laura gegenüber dadurch, dass sie in ihrer Gegenwart meistens nur Spanisch sprach.

Die Wochenenden bei Tonys Mutter verliefen so, dass jeder, ausgenommen Imelda, den ganzen Tag putzte. Dann bereitete Maria ein köstliches mexikanisches Mahl mit selbst gemachten Tortillas vor, während laute mexikanische Musik spielte und Imelda

Bier trank. Zwischendurch hörten sie die laute, immer betrunkener werdende Stimme von Imelda, die rief „Maria, dame una cerveza!"

Immer wenn der Kühlschrank leer war, fuhr Maria dann schnell zur QT-Tankstelle, um mehr Bier zu holen. Maria, Tony, Carmen und Frankie legten ihr Geld zusammen und gaben es Maria, um ein weiteres Sixpack zu kaufen.

Meistens war Imelda bis zum Essen noch einigermaßen angenehm, aber regelmäßig wurde sie dann vom Alkohol in einen bösen, aggressiven Tyrannen verwandelt. Tony war diesen Vorgang schon gewohnt und war meistens drauf bedacht, dass Laura und er bereits vorher das Haus verließen.

Imelda besaß einen Revolver. Eines nachts, als Laura und Tony von seiner Arbeit im Autokino heimkamen, wurde Laura Zeugin eines sehr beängstigenden Vorfalls. Ein sehr lautstarker Streit war zwischen Maria und Imelda im Gange. Maria wurde von Imelda auf völlig irrationale Weise beschuldigt. Irrational war es deshalb, weil sie eine sehr treue, liebe und fleißige Frau war, die Imelda jeden Wunsch erfüllte und außerdem die Mutterfigur für alle Kinder war. Bald wurde klar, dass Imelda im Streit nach ihrer Waffe gegriffen hatte und Maria jetzt bedrohte, welche schreiend vor Angst aus dem Haus rannte. Tony warf eine Decke über sich und Laura in der dunklen Ecke des Wohnzimmers, in der sie lagen und sich mucksmäuschenstill verhielten, in der Hoffnung, Imelda würde nicht auf sie aufmerksam werden. Sie hörten, wie die betrunkene Frau Maria drohte, sie würde sie umbringen, während sie aus der Tür schwankte. Laura war entsetzt. Sie war von ihrem behüteten Leben aus einem kleinen ländlichen Vorort Stuttgarts nach Amerika gekommen und erlebte, wie sich diese Familie aufführte wie im Wilden Westen. Tony spürte, wie sie vor Angst zitterte und schämte sich für das Verhalten seiner Mutter. Er versprach Laura, dass er ihnen sobald wie möglich eine eigene Wohnung suchen würde.

Die beiden wurden am 22. Oktober 1977 im Haus seiner Mutter getraut. Seine ganze Familie war anwesend. Ihre Freunde, Chris und Cheryl Jones, waren ihre Trauzeugen. Miss Macy, eine Pfarrerin der Methodisten-Kirche, die Tony und seine Geschwister schon ihr Leben lang kannte, führte die Trauung durch. Tony trug seinen besten und auch einzigen lachsfarbenen Polyesteranzug mit Schlaghosen und ein buntes Polyesterhemd mit breitem Kragen. Beides war hochmodern für diese Zeit. Er sah sehr gut aus mit seinen pechschwarzen Haaren, funkelnden Augen und dem strahlenden Lächeln mit seinen schönen weißen Zähnen. Alle Anwesenden spürten den Zauber im Raum, als er seine Braut mit einem Blick voller Liebe anschaute. Sie waren beeindruckt von der Macht der „ersten Liebe". Laura trug ein hellblaues Polyester-Abendkleid; das einzig schicke Kleid, das sie im Koffer aus Deutschland mitgebracht hatte. Dieser Koffer war ihr einziger Besitz, als sie ihr gemeinsames Leben begannen. Tony kaufte ihr einen

Ehering im örtlichen Pfandhaus für 65 $ und sie sei-
nen für 18 $ mit dem Geld, das ihre Großeltern als
Hochzeitsgeschenk geschickt hatten. Er hielt sein
Versprechen, das er ihr im Park gemacht hatte: „Du
musst nie wieder zurückgehen."

Ein neues Leben in Mangum

Das junge Ehepaar zog in eine winzige möblierte Wohnung im 1.Stock eines Hauses an der Hauptstraße und ihre Miete betrug 75 $ im Monat. Die Hausbesitzerin, Frau Johnson, eine nette ältere Dame, gab ihnen Einiges für den Haushalt, wie zum Beispiel Geschirr, um ihre Wohnung ausstatten zu können. Sie hatte bemerkt, dass die beiden ihre Ehe tatsächlich nur mit ihren Kleidern am Leib begonnen hatten. Obwohl sie wenig hatten, gelang es Laura ihre kleine Wohnung mit Liebe und Sorgfalt in ein gemütliches Heim zu verwandeln.

In seinem letzten Schuljahr brach Tony die Schule ab und arbeitete stattdessen in einem Lebensmittelgeschäft in Mangum, wo der Mindestlohn zu dieser Zeit 2,30 $ betrug. Ein paar Monate nachdem sie geheiratet hatten, saßen sie zusammen im Auto, für das Tonys Mutter gebürgt hatte, sodass sie es auf Raten kaufen konnten. Der blassgelbe Ford Torino, Baujahr 1970, hatte 700 $ gekostet und war Tonys ganzer Stolz. Merle Haggard, einer ihrer liebsten Country Stars, sang gerade im Autoradio:

„If we make it through December

everything is gonna be alright I know

it's the coldest time of winter

and I shiver when I see the falling snow

If we make it through December

got plans to be in a warmer town come summertime

if we make it through December we'll be fine.

Er ergriff ihre Hand und schaute ihr tief in die Augen, die sich mit Tränen gefüllt hatten. Das Lied erzählte von einem Mann, der traurig war, weil er sich keinen Weihnachtsbaum oder Weihnachtsgeschenke für seine Familie leisten konnte, da sie kämpften, nur um durchzukommen. Als Laura in seine dunkelbraunen Augen schaute, die sie so liebte, spürte sie den gleichen Schmerz, den auch er verspürte, weil er sich in derselben Situation wie dieser Mann im Lied befand und auch ums Durchkommen kämpfte. In diesem Moment fühlten sie, dass ihre Verbindung stark genug war, um alles zu bewältigen, ganz bestimmt auch den kalten Oklahoma-Dezember.

Tony bekam eine neue Arbeitsstelle beim Sonic Drive-in in Elk City - einer sogenannten Oil Boom Town - und sie zogen dort in eine größere, ebenfalls möblierte Wohnung, die abseits der Hauptstraße lag. Dieses Mal betrug ihre Miete 125 $ im Monat und wieder verwandelte Laura die spärliche kleine Wohnung in ein gemütliches Zuhause für die beiden. Kurz nach ihrem Umzug erfuhr sie, dass sie Anfang Oktober ein Kind bekommen werden. Sie hatten all ihr gespartes Geld für den Umzug ausgegeben und es würde noch einige Tage dauern, bis Tony sein Gehalt bekommen würde. Ihr Kühlschrank war leer, also fuhren sie zum Sonic Drive-in, da es dort das billigste Fast-Food gab. Tony schaute in seinen Geldbeutel. Er hatte nur genug für eine Cola und eine große Portion Pommes Frites; so bestellte er das für sie zusammen. Da saßen sie nun in ihrem Auto an diesem kalten Februartag in Oklahoma, teilten sich Pommes und eine Cola und wussten, dass sie durch etwas Starkes und Machtvolles verbunden waren. Jetzt wurde ihre Liebe sogar noch durch ihr ungeborenes Kind bestätigt, welches ihre kleine Familie vollständig machen würde. Die Liebe, die sie für einander empfanden, würde ihnen helfen, diese schweren Zeiten zu überwinden. Als er ihr innig in die blauen Augen sah, beschloss er, fleißig zu sein, um ihr ein gutes Leben zu ermöglichen, so wie sie es verdient hatte. Er nahm sie zärtlich in seine Arme und versicherte seiner jungen Frau „Wir werden es schaffen! Ich verspreche dir, wir werden es schaffen!"

Ein paar Monate später fing er an, bei einer Spedition im Ort zu arbeiten, die Rohre transportierte und an Ölbohrtürme auslieferte, denn Öl floss wie Wasser aus der roten Erde in Oklahoma. Es gab reichlich gutbezahlte Arbeitsstellen. Er arbeitete eifrig und versorgte seine kleine Familie gut und wieder hielt er sein Versprechen.

Im Sommer 1978, ein paar Monate bevor die Beiden ihr Kind erwarteten, kam ein Militär-Anwerber zu Tony und besprach mit ihm die Vorteile, in die Oklahoma Nationalgarde einzutreten. Weil er ein starkes Verantwortungsgefühl seiner Familie gegenüber verspürte, war Tony interessiert, als er hörte, dass das Militär die Kosten der Geburt ihres Kindes übernehmen würde, wenn er sich verpflichten würde. Da er keinen High School-Abschluss hatte, erzählte ihm der Anwerber, dass das Militär ihm sogar helfen würde, später zu studieren. Weil er Laura und ihrem Kind ein gutes Leben geben wollte, verpflichtete er sich im Sommer 1978 und diente seinem Land als treuer Soldat bis zu seiner Pensionierung nach 33 Jahren.

Tony hatte vor ungefähr einem Monat die Grundausbildung des Militärs begonnen und Laura arbeitete schon seit einiger Zeit in einem Altersheim vor Ort. Sie war jetzt im achten Monat schwanger. Da sie als Pflegekraft regelmäßig schwere Patienten hochheben musste, blieb ihr nichts Anderes übrig, als ihre Arbeit aufzugeben. Mutterschutz gab es in USA nicht; somit bedeutete das, kein Gehalt mehr zu bekommen. Mehrere Rechnungen waren fällig, aber Laura hatte kein Geld, sie zu bezahlen. Das Erste, was nicht bezahlt werden konnte, war ihre Autoversicherung. In Oklahoma konnte man nicht ohne Auto auskommen, da es keine öffentlichen Verkehrsmittel gab. Ihr Vorratsraum und Kühlschrank waren auch leer. Sie entschloss sich, ihre Mutter um Hilfe zu bitten. Laura wusste, dass ihre Mutter Halbwaisenrente für sie erhielt, seit sie zu ihr gezogen war. Außerdem hatte sie auch Geld zur Konfirmation erhalten, bevor sie zu ihrer Mutter kam. Es war auf einem Sparbuch, das sie damals in ihr neues Zuhause mitgebracht hatte. Dieses Geld wäre ihre einzige Rettung, bis Tony sein erstes Gehalt vom Militär erhalten würde. Sie rief ihre Mutter an.

Hildegard zeigte weder Erbarmen noch Interesse am Hilferuf ihrer Tochter. Zuerst weigerte sie sich, ihr zu sagen, wie viel Geld noch auf dem Sparbuch war und dann sagte sie wiederholt „Ich will es für Notfälle aufheben."

Laura versuchte ihrer Mutter klar zu machen, dass es ein Notfall war, keine Lebensmittel, kein Geld für die Autoversicherung und für andere Rechnungen zu haben. Ihre Mutter aber argumentierte nur weiter dagegen. Sie konnte es offensichtlich nicht verstehen, dass man in Amerika keine Sozialleistungen bekam wie in Deutschland und dass es Mutterschutzgeld nicht gab. Laura legte endlich auf, weil sie merkte, dass sie mit einem Anruf, der ihr doch nichts bringen würde, Geld verschwendet, das sie gar nicht hatte. Sie war jetzt schon eineinhalb Jahre in den USA und ihre Mutter hatte ihr bis jetzt überhaupt nicht geholfen. Im Gegenteil, sie hatte Lauras Halbwaisenrente bisher für sich behalten. Sogar diese kleine Summe hätte ihr und Tony bei ihrem schwierigen Start ins Leben sehr geholfen. Sie fühlte sich völlig verlassen und beschloss, ihren Opa anzurufen. Er wurde fuchsteufelswild, als er hörte, wie verzweifelt seine Enkelin war und rief sofort ihre Mutter an. Nachdem er von der Hinterziehung von Lauras Halbwaisenrente hörte, drohte er, sie öffentlich in ihrem Ort bloßzustellen und anzuzeigen, als eine Mutter, die ihre

Tochter bestiehlt. Wenn es um seine Enkelin ging, würde er Berge versetzen.

Ein paar Wochen später kam ein Einschreiben mit 650 $ und einem Brief von Kurt, in dem er erklärte, dass dies der Rest ihres Spargeldes war. Auch die letzten drei Monatszahlungen der Halbwaisenrente bis zu ihrem 18. Geburtstag waren angeblich in diesem Betrag enthalten. Der Brief war so herzlos geschrieben, dass Laura wusste; dies war das Ende ihrer Verpflichtungen als Eltern mit der Aussage „Hier ist Schweigegeld. Belästige uns von nun an nicht mehr."

Über Jahrzehnte hinweg versuchte Laura immer wieder eine Beziehung zu ihrer Mutter aufzubauen, wurde aber wiederholt von deren Unfähigkeit zu lieben enttäuscht. Obwohl sie sich einzureden versuchte, diese Beziehung nicht zu brauchen, war sie überrascht, dass sich ein Teil von ihr doch lange danach sehnte. Ihr wurde erst nach 34 Jahren klar, dass sie nie eine Mutter haben würde, die sie liebte und sich um sie sorgte. Sie lernte zwar, sich damit abzufinden, aber was sie sich ihr Leben lang fragte, war: Was hatte sie jemals getan, um das zu verdienen?

Bella

Tony hatte gerade seine Grundausbildung in der Nationalgarde abgeschlossen, als er vom Roten Kreuz informiert wurde, dass es einen Familiennotfall gab. Laura war mit Wehen ins Krankenhaus gebracht worden. Die Bearbeitung seiner offiziellen Beendung der Grundausbildung und die Fahrt von der Kaserne dauerte den ganzen Tag. Deshalb kam er sechs Stunden nachdem seine erste Tochter, Bella Dawn, die Welt erblickte, im Krankenhaus an. Ihr hübsches, aber winziges Kind, wog 2690 Gramm und kam gesund und ohne Probleme zur Welt. Am Tag, an dem Mutter und Kind aus dem Krankenhaus entlassen wurden, saß das Paar im Auto vor dem Krankenhaus, während Laura das winzige Bündel in den Armen hielt. Tony schaute seine junge Frau an und sagte „Und was machen wir jetzt?"

Laura erwiderte seinen Blick und mit genauso viel Liebe, wie in dem Moment als sie sich damals das Ja-Wort gaben, antwortete sie dieses Mal „Ich weiß nicht, aber wir werden es herausfinden."

Sie verließen das Krankenhaus mit ihrem kostbaren Bündel und mit gemischten Gefühlen zwischen Glück und Besorgnis über die neue Aufgabe, die ihnen bevorstand. Gegenseitig tief verpflichtet und durch ihre junge Liebe verbunden, gründeten sie so ihre Familie.

Bella bereitete ihren Eltern viel Freude und später zeigte sie sich – als ältestes Kind - sehr fleißig und verantwortungsvoll gegenüber ihren Geschwistern. Ähnlich wie ihre Eltern, die in ihrem jungen Alter schon einiges durchgemacht hatten, besaß sie starkes Durchhaltevermögen und kannte keine Niederlagen. Es gab eine Zeit in ihrem Leben, in der sie von ihrem Weg abgekommen war und ihr Ziel aus den Augen verloren hatte. Sie brachte aber die Kraft auf, um sich aus tiefster Verzweiflung heraus zu kämpfen und einen neuen Sinn für ihr Leben zu finden. Sie war die Erste, durch die Laura lernte, bedingungslos zu lieben.

Tony hatte nun schon lange für die Ölfeld-Spedition gearbeitet. Er verbrachte 12 Stunden am Tag, sechs Tage in der Woche unter der glühenden Sonne in der Prärie von West-Oklahoma. Er transportierte Rohre und lud sie in die Bohrtürme, die reichlich Öl produzierten, welches man „flüssiges Gold" nannte. Ein Wochenende im Monat und zwei Wochen jeden Sommer leistete er Dienst in der Nationalgarde. Er war fleißig und arbeitete hart, aber in seiner Freizeit wurde es ihm zur Gewohnheit, viel Alkohol zu trinken. Egal wie spät er nachhause kam, oder wie betrunken er war, stand er trotzdem immer am nächsten Morgen auf, um zur Arbeit zu gehen und nahm die schmerzenden Folgen auf sich.

Laura arbeitete wieder im Altersheim im Ort als angelernte Altenpflegerin. Sie liebte ihre Arbeit. Eines Tages sagte eine Kollegin zu ihr „Du solltest zur Schule gehen und eine Ausbildung zur examinierten

Krankenpflegerin machen! Du machst deine Arbeit hier so gut. Die Patienten lieben dich alle."

Laura fragte, wie sie sich dafür bewerben könne und ihre Kollegin erzählte ihr von einer Berufsfachschule für Pflege, die nicht sehr weit entfernt war. Je mehr sie darüber nachdachte, desto mehr Interesse bekam sie daran und so begann sie ihre Ausbildung im folgenden September. Es bereitete ihr viel Freude, ihren Beruf zu erlernen, während sie es auch genoss, Mutter ihrer süßen Tochter zu sein. Bella hatte liebenswerte Eigenschaften, die eine perfekte Mischung aus ihrem deutschen und mexikanischen Erbgut waren. Ihre Eltern lachten darüber, dass sie wahrhaftig halb deutsch und halb mexikanisch war, da sie ein blaues Auge mit hellen, und ein rehbraunes mit dunklen Wimpern und Brauen hatte.

Im Jahr darauf vollendete Laura ihren Abschluss als ausgebildete, staatlich examinierte Krankenpflegerin und fing wieder an, in dem Altersheim zu arbeiten, das sie zu dem Beruf inspiriert hatte, den sie für den Rest ihres Lebens lieben würde.

Sie war eigentlich zufrieden mit ihrem derzeitigen Leben. Zugegeben, es war nicht einfach, so eine junge Mutter zu sein, während sie andere junge Leute beobachtete, die nur feierten, bei ihren Eltern wohnten und sich um Nichts kümmern mussten. Aber das junge Paar war verliebt. Für beide war die Verantwortung einer Ehe und für ein Kind noch besser als das Leben, das sie bei ihren Müttern hatten. Laura nahm ihre Ehe und Mutterschaft im Alter von 19 Jahren aber doch ernster als Tony, der seine jugendliche Freiheit vermisste und langsam immer mehr ans Feiern dachte.

Eines Abends war er mit seinem Freund Danny unterwegs und kam sturzbetrunken nachhause. Sein Freund schlief sofort auf dem Sofa ein, während Tony zu Laura ins Schlafzimmer stolperte. Sie hatte, wie so oft zuvor, noch nicht schlafen können, bevor ihr Mann sicher zuhause war.

„Wo warst du die ganze Nacht?" fragte Laura ihn, da es drei Uhr morgens war.

„Einfach fort" antwortete Tony und fiel aufs Bett.

Laura bemerkte, dass er ohne seine Brille nachhause gekommen war, was wegen seiner extremen Kurzsichtigkeit ein Problem war. "Wie bist du ohne Brille nachhause gefahren?"

Als sie wahrnahm, wie sehr er betrunken war, dachte sie, wie gefährlich es war, überhaupt so Auto zu fahren, und außerdem noch ohne Brille. Dann begann sie sich um ihr Auto Sorgen zu machen. Es war zwar nur ein alter Opel Manta, aber ihre einzige Transportmöglichkeit. Sie wollte sich versichern, dass ihr Auto noch heil war. Als sie die Haustür öffnete, sah sie, dass das Auto fehlte. Sie fragte sich, wie die beiden nachhause gekommen waren und ging zurück ins Schlafzimmer. Dort schüttelte sie Tony und fragte ihn „Wo ist mein Auto?"

Erst nach ein paar Versuchen erwachte Tony teilweise aus seinem Rausch, war aber komplett desorientiert. Er stand auf, stolperte in den Flur, dachte, er wäre schon im Bad und erledigte sein Bedürfnis. Laura war angeekelt und wütend. Sie begann ihn anzuschreien, schnappte ihn am Hemd und versuchte ihn ins Bad zu dirigieren. Plötzlich drehte er sich zu ihr. Seine Augen waren glasig und fokussierten sich nicht auf ihr Gesicht, sondern schienen einfach durch sie hindurch zu schauen. Sein Blick war wild und furchterregend. Man merkte, dass er den Bezug zur Realität verloren hatte. Er schubste und schlug sie und rief „Was willst du? Häh? Du willst mir nur weh tun, häh?"

Er drückte Laura gegen die Wand. Man konnte erkennen, dass er sich in seiner Halluzination gegen einen Angreifer verteidigte, den er sich einbildete. Er schrie Unverständliches und erkannte seine Frau nicht. Am Ende fasste er Laura am Hals und würgte sie mit einem eisernen Griff. Sie konnte sich nicht aus seinen Händen befreien. Ihre Arme wurden taub und kribbelten und sie hatte schon eine Weile nicht mehr Luft holen können. Auf einmal kam Tonys Freund Danny ins Zimmer, der durch den Krach aufgewacht war. Er schnappte Tony mit einem Würgegriff von hinten und brachte es zustande, dass er Laura los lies. Er schrie „Tony! Wach auf Mann! Ich bin's, Danny!"

Plötzlich wurden Tonys Augen klarer und der furchteinflößende Blick war weg. Er erkannte seinen Freund und sagte „Hey Mann, tut mir leid. Okay. Mir geht's gut. Was ist denn hier los? Oh Mann, bin ich betrunken!"

Danny half ihm ins Schlafzimmer, wo er sofort aufs Bett fiel und einschlief. Laura war im Wohnzimmer, hielt ihren schmerzenden Hals und weinte noch aus Angst vor dem, was sich gerade ereignet hatte. Danny kam zu ihr und nahm sie in den Arm. „Alles okay?" fragte er sie.

„Ich glaube ja" antwortete sie, und war sich bewusst, dass er ihr wahrscheinlich gerade das Leben gerettet hatte.

Am nächsten Morgen erwachte Tony und war überrascht, die blauen Flecken an Lauras Hals zu sehen. Danny und Laura erzählten ihm von dem furchtbaren Ereignis am Abend zuvor. Tony war am Boden zerstört. Er konnte sich überhaupt nicht daran erinnern, was passiert war. Er nahm seine Frau in den Arm, weinte aus Reue und Scham und bat sie um Verzeihung. Wie konnte sie ihm nicht verzeihen, da er ja ganz die Kontrolle über seine Handlungen verloren hatte und seine Reue so aufrichtig war? Also vergab sie ihm – das erste Mal.

Sie gingen los, um das Auto zu suchen, von dem er sich überhaupt nicht erinnern konnte, wo er es gelassen hatte. So war es auch mit seiner Brille. Ohne sie war er hilflos. Sie verfolgten alle Spuren zurück zu den Orten, an denen er eventuell am Abend zuvor gewesen war. Der Manta lag kopfüber in einem Straßengraben in der Nähe einer Bar, in die Tony öfter ging. Nicht weit vom Auto entfernt, fanden sie auch seine Brille im Grass. Er hatte eine wilde Nacht, aber erinnerte sich offensichtlich an Nichts.

Das war der erste, aber nicht der letzte Vorfall, der seinen Kampf mit dem Alkohol betraf. Laura lernte, was für ein bösartiger Teufelskreis Liebe sein kann, wenn man wiederholt herausgefordert wird, eine Entscheidung zu treffen; entweder Leid verursacht durch einen geliebten Menschen zu beenden, oder immer wieder zu vergeben.

Selma

Gegen Ende des Sommers im Jahr 1980, als ihre Tochter Bella zwei Jahre alt war, waren Laura und Tony an einem Samstagnachmittag zum Grillen bei Tonys Mutter eingeladen. Die ganze Familie, einige Freunde und auch Nachbarn kamen. Unter ihnen war auch Selma, die Tochter ihrer Nachbarin. Tony und Selma kannten sich schon seit ihrer Kindheit. Es war in der Familie und im Freundeskreis bekannt, dass Selma schon mit 16 schwanger wurde, aber niemand sprach darüber, wer der Vater war. Der alleinerziehende Teenager hatte einen Sohn, Joey, der jetzt 2 Jahre alt war. Tonys Mutter und Imelda hatten viele mexikanische Leckereien vorbereitet und das Grillfest hatte schon begonnen, als Selma mit Joey eintraf. Laura saß auf dem Sofa und beobachtete die kleine Bella beim Spielen und Herumtanzen, wie es das fröhliche Kind oft tat. Sie hatte ihre Augen auf die Tür gerichtet, als Selma mit ihrem Kind hereintrat. Plötzlich dachte Laura, ihr Herz würde stillstehen. Ihre Augen waren weit aufgerissen und hatten einen entsetzten Ausdruck. Der kleine Junge und Bella sahen fast identisch aus, als ob sie Zwillinge wären. Er hatte genauso helle Haut, rehbraune Augen und sein hellbraunes Haar hatte zufälliger Weise einen Pagenschnitt, genau wie Bella. Laura wusste sofort, wer der Vater dieses Kindes war. Augenblicklich sprang sie hoch und lief zum hinteren Teil des Hauses, um Tony zu finden. Er hatte den ganzen Tag mit seiner Mutter Bier getrunken und war schon ziemlich betrunken, als Laura ihn fand. Sie winke ihn in eine abgelegene Ecke und fragte ihn „Ist Joey dein Sohn?"

Tonys Augen waren schon glasig vom vielen Bier, als er Laura anschaute. Sein Gesichtsausdruck wechselte über zu dem eines Mannes, der gerade auf frischer Tat ertappt wurde. Er versuchte es nicht einmal zu leugnen, denn in seiner Betrunkenheit würde er sich nicht gut verteidigen können. Er gab einfach zu, dass er der Vater von Joey war. Lauras Herz zerbrach. Sie ging vor Tony in die Knie, vergrub ihr Gesicht in ihren Händen und fing an bitterlich zu weinen. Wie konnte er sie betrogen haben zu einer Zeit, in der sie noch frisch verheiratet, glücklich und verliebt waren?

Tony beichtete weiter, dass er den Fehltritt mit Selma hatte, als Bella gerade einen Monat alt war. Er versuchte, Laura zu trösten; er entschuldigte sich und versicherte ihr, dass es ein Fehler war und nur einmal vorkam; dass er Selma nicht liebte und niemals geliebt hatte. Er schwor ihr, dass er es bereue, dass er nie vorhatte, sie so zu verletzen, dass er sie und ihre Tochter über Alles liebe, dass er nie ohne sie leben wolle, dass er nicht an dem Kind hänge und so weiter und so fort. All das bedeutete Laura im Moment gar nichts, denn sie kam sich völlig verraten vor. Sie wollte wissen wann und wie?

Tony erzählte von der Zeit, als Laura an einer sehr schlimmen Grippe erkrankt war. Ihre Widerstandskraft war durch die Geburt von Bella einen Monat zuvor beeinträchtigt gewesen. Bella schien auch von der Krankheit ihrer Mutter betroffen gewesen zu sein und hatte ununterbrochen geweint. Die Milch ihrer Mutter sättigte sie einfach nicht. Tony war damals gestresst und überfordert davon, eine kranke Frau und ein ständig weinendes Kind um sich zu haben. Er war weggegangen, um sich mit Freunden in seinem Heimatort zu treffen. Laura war sehr gekränkt, dass er sie so hilflos alleine gelassen hatte und war dankbar, dass eine liebe Nachbarin kam, um ihr mit dem Neugeborenen zu helfen. Laura hatte bisher nicht gewusst, dass Selma an diesem Party-Wochenende teilgenommen und in einer dieser Nächte ihren Sohn empfangen hatte.

Jetzt kam Laura sich wie ein Dummkopf vor. Aus Liebe hatte sie ihm damals für dieses Wochenende verziehen als er zurückkam und um Verzeihung bat, weil er erkannt habe, wie egoistisch er gewesen sei. Jetzt bat er um Verzeihung dafür, in dieser Nacht untreu gewesen zu sein und ein Kind gezeugt zu haben. Wie konnte es so viel Vergebung überhaupt geben? Während sie wütend und gleichzeitig gekränkt war, verließ sie das Haus seiner Mutter und machte sich auf den Heimweg. Er sollte sehen, wie er heimkomme.

Am nächsten Morgen, als er wieder nüchtern nachhause kam, fand Tony all seine Kleider gepackt vor und Laura befahl ihm, zu gehen. Er bettelte und flehte sie an, aber sie blieb kalt. Ihr Vertrauen war zerstört. Sie zwang ihn zu gehen. In den nächsten Tagen kam Tony immer wieder zurück, um sie zu bitten, ihn zurück zu nehmen, da er sie so sehr liebe. Als er ihr

immer wieder seine Liebe beteuerte und einfach nicht
aufgab, begann sie das Ganze noch einmal zu überdenken. Schließlich war er ihre erste große Liebe und
der Vater ihres Kindes. Also erlaubte sie ihm, wieder
nachhause zu kommen. Er war für seine zweite
Chance sehr dankbar, eine Chance, ihr zu beweisen,
wie viel sie ihm bedeutete. Laura lernte, dass die Zeit
alle Wunden heilt und Verzeihen und Liebe Hand in
Hand gehen.

Etwas später im selben Jahr beschloss das Paar zum
ersten Mal nach Deutschland zu fliegen seitdem
Laura vor drei Jahren nach Amerika gekommen war.
Endlich würde Tony und die zwei Jahre alte Bella
Lauras Familie kennen lernen. Sie flogen im September. Lauras Großeltern waren außer sich vor Freude.
Sie sehnten sich so nach ihrer Enkelin und freuten
sich, den Mann kennen zu lernen, in den ihre Enkelin
sich so jung verliebt hatte; der Vater ihrer ersten Ur-
Enkelin. So innig, wie Opa seine Laura liebte, verliebte er sich auch gleich in die kleine Bella. Sie war
sofort die größte Freude seines Lebens. Die vier Wochen ihres Besuches waren wunderschön. Sie besuchten Ingrid, Lauras Bruder Philipp, ihre Schwester
Becky und ihre Onkel, Tanten und ihre Mutter. Sogar
ihre Abschlussklasse organisierte ein Klassentreffen
zur Ehre von Laura. Alle schlossen Tony sofort ins
Herz und freuten sich, dass das Paar so eine nette Familie war. Sogar Ingrid wurde über die Jahre liebe-
voller und mochte die kleine Bella sofort. Auch Laura
gegenüber war sie jetzt nett und zuvorkommend.

Leider bemerkte Laura, dass Ingrid seit dem Tod ihres Mannes sehr viel Alkohol zu sich nahm. Sie hatte dadurch anscheinend völlig vergessen, wie böse sie früher zu Laura war, und zeigte ihr gegenüber nun Anerkennung und Freundlichkeit. Laura erinnerte sich an die Jahre, in denen sie sich so ungeliebt vorkam, aber freute sich jetzt umso mehr über die Güte, die ihr zuteilwurde. Sie tat das, was sie inzwischen sehr gut konnte: Sie verzieh Ingrid.

Beim Besuch von Lauras Mutter freute sich Laura vor allem darauf, ihre Tochter zum ersten Mal ihrer Oma vorzustellen und hoffte, sie würde das Kind genauso ins Herz schließen, wie ihre Großeltern und Ingrid es getan hatten. Enttäuscht musste sie feststellen, dass sich ihre Mutter jedoch sehr zurückhaltend dem Kind gegenüber zeigte. Sie war vor allem damit beschäftigt aufzupassen, dass die Kleine keine Unordnung in der Wohnung verursachte und schimpfte über die viele dreckige Wäsche, die das Kleinkind ihr brachte. Nach wenigen Tagen sprach Laura ihre Mutter wegen der Uhrenkette an, die ihr vor drei Jahren abhandengekommen war. Diese reagierte sofort defensiv und behauptete, sie sei schließlich kaputt gewesen und deshalb habe sie die Kette aus dem Koffer genommen. Laura war sich natürlich im Klaren, dass dies eine Lüge war, da sie noch funktionierte, als sie zum letzten Mal getragen wurde. Sie fragte „Und wo ist sie jetzt? Kann ich sie wiederhaben?"

In gehässigem Ton antwortete Hildegard „Ich habe sie zum Uhrmacher gebracht, aber es hat sich nicht gelohnt, so eine billige Uhr zu reparieren."

Nicht nur log ihre Mutter sie an, sie hatte es wohl auch nötig, das Erinnerungsstück abzuwerten. Nun entschied Laura, keine Rücksicht mehr zu nehmen, weil die Stimmung im Haus ihrer Mutter ohnehin schon schlecht war. Da Laura damals nur Sommerkleider mit auf ihre Reise genommen hatte, schickte Hildegard im ersten Jahr ein Paket mit ein paar wenigen Wintersachen, aber der warme Mantel, der ein Geschenk ihrer Großmutter gewesen war, blieb noch bei ihrer Mutter zurück. Laura bat ihre Mutter um diesen Mantel. Wieder antwortete ihre Mutter herablassend, sie solle doch auf die Bühne gehen, um ihn dort zu suchen. Als Laura einige Zeit auf der Bühne gesucht hatte, war klar, dass keine ihrer Sachen dort waren. „Wo sind all meine Sachen? Und vor allem, wo ist mein Mantel?" rief Laura die Bühnentreppe herunter. Kurt war zum Fuße der Treppe gekommen. Ihm war sicher bewusst, dass seine Frau alles, was Laura gehörte, weggeschafft hatte. Er bot Laura an „Komm wir kaufen dir einfach einen neuen."

Verärgert darüber, dass ihre Mutter sie unnötig hatte suchen lassen, erwiderte sie „Nein, ich will keinen neuen Mantel. Ich möchte nur die Sachen, die mir gehören. Oma hatte ihn mir geschenkt!"

Augenblicklich wurde Hildegard, die alles gehört hatte, rasend und schrie Laura an „Was fällt dir ein, hier her zu kommen und Ansprüche zu stellen? Was glaubst du eigentlich, wer du bist?"

Außer sich, weil sie noch immer völlig respektlos von ihrer Mutter behandelt wurde, ging Laura unmittelbar zu Diego, der mit Bella in ihrem Zimmer wartete. Sie sagte zu ihm „Komm, ich kann hier keine Minute länger bleiben. Ich hasse diese Frau! Wir gehen zu Oma und Opa."

Ohne Fragen zu stellen, half er Laura, ihre Sachen zu packen und sagte, während er Bella anzog „Gut. Ich habe mich bei dieser Frau sowieso nicht wohl gefühlt."

Sie verließen die Wohnung, ohne sich zu verabschieden. Ab diesem Moment hatte Laura viele Jahre keinen Kontakt mit ihrer Mutter, die weiterhin keinerlei Interesse am Leben ihrer Tochter und ihrem Enkelkind zeigte.

In einem stillen, einsamen Moment, dachte Laura mit schwerem Herzen voller Trauer an ihren lieben Papa. Wie glücklich wäre er gewesen, seine erste Enkelin kennen zu lernen, hätte er es nur erleben dürfen. Sie stellte sich vor, wie zärtlich er Bella lieben würde, genauso, wie er sie geliebt hatte.

Wieder zu Hause, arbeitete das junge Paar fleißig weiter und genoss seine kleine Familie. Ihr ganzer Stolz war der Kauf eines nagelneuen Mobile Homes, das in einem Park für Fertighäuser aufgestellt wurde. Die Räder wurden am Stellplatz entfernt und das Haus mit Stahlseilen am Boden befestigt. Durch eine

Verkleidung sah es wie ein normales Haus aus. Es gab zu der Zeit einige Siedlungen für Mobile Homes in Oklahoma, weil viele Familien durch temporäre Arbeit in der Ölbranche oft umzogen und somit ihr Haus einfach mitnehmen konnten. Oft hatte Tony Laura dafür gelobt, immer das Beste aus dem, was sie hatten, zu machen. Ihr liebevolles Dekorieren und ihre natürliche Fähigkeit zur Haushaltsführung verwandelte sogar die kleinste Wohnung in ein schönes, gemütliches Zuhause. Dieses neue möblierte Drei-Zimmer Haus war das Schönste, in dem sie bisher gewohnt hatten. Nur während Tornados mussten sie Schutz in festen Steingebäuden suchen, die mehr Sicherheit boten.

Laura schickte oft Bilder und erzählte Oma und Opa von ihrem Leben in Oklahoma. Sie waren stolz auf ihre Enkelin. Sie wussten allerdings nicht, wie schwierig ihre Welt in der Ferne manchmal für Laura war. Sie schrieb ihnen nicht von schwierigen Zeiten, vor allem nicht von denen, die Tony verursachte, denn sie wusste, wie sehr es sie sorgen würde.

Rachel

Im März 1982 machte Laura ihrem Mann eine freudige Mitteilung: „Ich bin wieder schwanger."

Er war überglücklich. Nun hofften sie beide auf einen Sohn. Es war einfach, sich auf einen Namen zu einigen: Eugen - zu Ehren von Lauras Papa. Die Niederkunft war auf Ende September vorhergesagt.

Es war der Morgen des 27. Septembers und es war Bellas vierter Geburtstag. Sie hatten eine kleine Party für das Kind und ein paar ihrer Freunde geplant. Während Tony sich auf die Arbeit vorbereitete, spürte Laura plötzlich leichte Wehen, die regelmäßig kamen, aber noch in ziemlich weiten Abständen. Nur um ihn darüber zu informieren, bevor er zur Arbeit ging, sagte sie „Wirst du heute sehr weit außerhalb der Stadt arbeiten? Kann ich dich später erreichen? Ich glaube, meine Wehen haben angefangen."

Er kam sofort zu ihr und nahm sie in den Arm und sagte „Wirklich? Wir werden heute ein Baby bekommen? Dann gehe ich erst gar nicht zur Arbeit."

Sofort rief er seinen Chef an und teilte ihm die aufregende Nachricht und seine geplante Abwesenheit mit. Laura fühlte, dass die Beschwerden regelmäßig auftraten und ständig zunahmen. Bella war gerade aufgewacht. Schon seit einigen Tagen hatten ihre Eltern von ihrem Geburtstag gesprochen. Voller Aufregung über ihre Party kam sie an den Frühstückstisch. „Guten Morgen Liebes", begrüßte sie Laura. „Heute ist dein Geburtstag! Alles Gute zum Geburtstag Schätzchen!"

Bella strahlte vor Stolz jetzt ganze vier Jahre alt zu sein. Ihre Eltern schauten sich mit einem geheimnisvollen Zwinkern an. „Weißt du, was du heute zum Geburtstag bekommen wirst?" fragte Laura sie.

Die zweifarbigen Augen ihrer Tochter wurden riesengroß vor lauter Spannung. „Was?" fragte sie ganz aufgeregt.

„Du wirst heute einen Bruder oder eine Schwester bekommen!"

Auf einmal wurden ihre Augen noch größer und man merkte, dass sie völlig überwältigt war von dem Gedanken an solch ein besonderes Geschenk. Sie brach in Tränen aus. Ihre Eltern, die von ihrer Reaktion überrascht waren, versuchten sie zu beruhigen. Sie erzählten ihr, wie besonders es sei, ein Geschwisterchen als Geburtstagsgeschenk zu bekommen und wie toll es sein wird, jedes Jahr eine doppelt so große Party wie alle anderen zu haben. Endlich war Bella von den Argumenten ihrer Eltern überzeugt und sie gewöhnte sich an die Idee. Tony erklärte seiner Tochter, dass ihre Mutter ins Krankenhaus gehen müsse, wo ihr dann das Geschwisterchen gegeben würde. Sie dürfe in der Zwischenzeit zu ihrer Tante Carmen gehen, bis sie ihr Geschenk zu ihr bringen würden. Das Kind war mit dieser Vereinbarung einverstanden. Die Geburtstagsparty fand dann bei Tante Carmen statt, wo natürlich noch weitere Geschenke warteten.

Lauras zweites Kind kam um 9 Uhr 22 auf die Welt. Da sie auf einen Jungen gehofft hatten, mussten sie gleich den ausgesuchten Namen ändern. Rachel war ein bildhübsches Mädchen und sah dem Vater sehr ähnlich, mit ihren schwarzen Haaren und rehbraunen Augen – beide gleichfarbig! Rachel wurde sofort von ihrer Schwester als wertvolles Geschenk anerkannt und noch als Erwachsene feierten sie stets ihren Geburtstag zusammen. Sie teilten gerne jedes Jahr ihren Geburtstagskuchen, sangen „Happy birthday" zueinander und empfanden es als ein besonderes Privileg, denselben Geburtstag zu haben.

Da Rachel am Geburtstag ihrer Schwester, und daher in ihrem Schatten, geboren war, lernte sie schon früh, sich ihre eigene Identität zu erschaffen. Dadurch wurde sie stark und zielstrebig und war immer bereit für das zu kämpfen, an was sie glaubte. Ihr starker Wille vereinte sich mit ihrem weichen Herz und sie bereitete ihren Eltern viel Freude.

Margarethe und Arthur – eine Liebe von 52 Jahren

Im Herbst 1983 wurde Lauras Oma sehr krank. Der Arzt fand einen Tumor in ihrem Unterbauch. Sie hatte zu lange gewartet, bevor sie zum Arzt ging, so dass das Geschwür schon sehr groß geworden war. Daher konnte nicht mehr festgestellt werden, von wo aus der Krebs sich ausgebreitet hatte. Während mehrerer Krankenhausaufenthalte wurden große Mengen von Aszites entfernt; dabei handelt es sich um Flüssigkeit, die sich ansammelt, wenn ein Tumor immer größer wird und die bösartigen Zellen sich verbreiten. Als man sie fragte, warum sie nicht früher ins Krankenhaus gegangen war, antwortete sie „Ich bin eine alte Frau. Bei mir lohnt es sich nicht mehr, mich zu retten."

Manchmal hörte man sie auch sagen: „Ich freue mich, meinen Eugen wiederzusehen".

Ihr Leben war nicht mehr dasselbe, nachdem sie ihr geliebtes und einziges Kind verloren hatte. Seit Eugens Tod zeigten ihre Augen eine schmerzerfüllte Traurigkeit und Leere. Mit ihm hatte sie wirklich den Sinn ihres Lebens verloren.

Eines Tages im Oktober erhielt Laura einen Anruf von ihrem Opa. „Du musst schnell kommen!" sagte er, „Oma geht es gar nicht gut. Sie hatte immer schon gesagt, dass sie dich noch einmal sehen möchte, wenn ihre Zeit gekommen ist. Ich glaube, es wird nicht mehr lange dauern! Komm schnell!"

Laura spürte einen Schmerz, als ob die Brust zusammengeschnürt würde. Es kamen ihr die Tränen und es fiel ihr schwer zu sprechen. „Oh nein! Nein! Oma!"

„Laura, du musst schnell kommen!" hörte sie Opa sagen.

„Okay Opa, ich werde so schnell wie möglich einen Flug buchen!"

Nachdem sie aufgelegt hatte, saß Laura bewegungslos auf ihrem Stuhl. Sie wusste, dass dieser Tag irgendwann kommen würde, weil ihre Großeltern beide schon 83 Jahre alt waren. Aber wie konnte man sich wirklich auf diesen Moment vorbereiten? Ihre Großeltern waren ihr Ein und Alles. Für Laura war ihre Oma eher eine Mutter als eine Großmutter gewesen, seit sie als einjähriges Kind zu ihnen kam. Sie konnte sich ihre Welt ohne ihre Oma einfach nicht vorstellen, vor allem da ihr Papa jetzt auch schon lange tot war. Tony hatte das Telefongespräch mitbekommen und schaute seine Frau voller Mitgefühl an. Obwohl er kein Deutsch verstand, konnte er sich die Bedeutung des Gespräches zusammenreimen. Laura fiel in seine Arme und begann bitterlich zu weinen. Sie würde nach Stuttgart fliegen müssen, um ihre Oma sterben zu sehen. Lauras Chef genehmigte ihr für diesen Familiennotfall sofort eineinhalb Wochen Urlaub. Ihr Flug wurde für drei Tage später gebucht. Alle Kolleginnen wussten, wie nahe sie ihren Großeltern stand und wie viel sie ihr bedeuteten. Es wurden keine Fragen gestellt.

Sie kam am 26. Oktober in Stuttgart an. Ingrid holte sie am Flughafen ab und sie gingen sofort ins Robert-Bosch-Krankenhaus. Ihre Stiefmutter versuchte sie darauf vorzubereiten, dass sich ihre Oma sehr verändert habe in den anderthalb Jahren, seitdem Laura sie zum letzten Mal gesehen hatte. „Du weißt ja, sie ist sehr krank" warnte Ingrid sie.

Da sie selbst eine Krankenpflegerin war, dachte Laura, sie wäre gut darauf vorbereitet, ihrer todkranken Oma gegenüber zu treten. Sie fanden ihr Zimmer in der Onkologie. Laura klopfte an die Tür und trat ein. Als sie ihre Großmutter im Bett liegen sah, wurde ihr Herz von Entsetzen und Schmerz befallen. Es war so, als ob ihr der Tod direkt durch Omas Augen ins Gesicht starrte. Sie konnte ihre geliebte Oma kaum wiedererkennen, da der Tod ihr liebevolles Gesicht schon entstellt hatte. Sie war blass und völlig abgemagert, hatte wahrscheinlich die Hälfte ihres ursprünglichen Gewichtes abgenommen und dunkle Schatten um ihre tiefliegenden Augen. Laura spürte den Todesengel im Zimmer schweben und wusste dann, dass er Omas Leben schon fast genommen hatte. Sie brach neben Omas Krankenbett nieder, nahm ihre ausgestreckte Hand und sagte „Oma! Was machst du denn?" In ihren Gedanken beendete sie den Satz „Du stirbst ja! Du darfst nicht sterben! Ich brauche dich noch!"

Das Gesicht ihrer Großmutter begann zu strahlen, ihre Augen glänzten. Sie schaute ihre geliebte Enkelin an und sagte „Du bist gekommen! Du bist wirklich gekommen! Jetzt ist ja alles gut."

Ab diesem Tag nahm Lauras Oma ihre Umgebung nur noch zeitweise wahr, redete im Delirium und erkannte ihre Familie meist nicht mehr. Plötzlich sprach sie von ihrem Sohn Eugen in der Gegenwart und nicht, als ob er vor Jahren gestorben war. Sie schien langsam in eine andere Welt hinüberzugehen. Laura war so dankbar, rechtzeitig angekommen zu sein, als ihre Oma noch klar genug war, um ihre Anwesenheit wahrzunehmen. Von diesem Moment an spürte sie, dass ihre Oma losließ.

Es war das qualvollste Erlebnis, dabei zu sein und zu sehen, wie ihre Oma endlich den Kampf gegen den Tod aufgab. Kämpfte sie überhaupt oder erlaubte ihr der Glaube daran, ihren Sohn im Jenseits wiederzusehen, die Angst vor dem Tod völlig zu überwinden?

Arthur war wegen des Zustandes seiner Frau völlig verzweifelt, denn er wusste, dass es schlecht um sie stand. Sie waren nun 52 Jahre verheiratet und er konnte sich das Leben ohne seine Margarethe oder „Gretel", wie er sie liebevoll nannte, nicht vorstellen. Weil sie wusste, wie abhängig ihr Mann von ihrer liebevollen Pflege war, hatte sie oft ihren letzten Wunsch geäußert: Arthur zu überleben, so dass er nie ohne sie auskommen musste. Jeder wusste, dass es tatsächlich sehr schwer für ihn sein würde. Seit Jahren litt er unter einer Krankheit namens COPD oder Lungenemphysem, weil er sein ganzes Leben geraucht hatte. Atmen war schon lange ein Kampf, welcher seine ganze übriggebliebene Kraft benötigte. Margarethe lebte ihr ganzes Leben für drei Menschen: Ihren Mann, ihren Sohn und Laura. Laura kannte niemanden, der so selbstlos war wie ihre Großmutter. Aber jetzt war ihre Zeit gekommen. Laura wollte das Krankenhaus nicht verlassen, aber Ingrid drängte sie, heimzugehen als sie merkte, dass Laura langsam unter Jetlag zu leiden begann. Laura stimmte zu und ging nachhause zu ihrem Großvater, der durch all die Geschehnisse sehr mitgenommen war. Er freute sich, dass seine Enkelin bei ihm war und die beiden verbrachten die nächsten drei Tage zusammen. Sie spürten die Leere in seiner Wohnung ohne Oma. In all den Jahren kam es nie vor, dass sie weg war und sich nicht um ihre Familie kümmerte. Ihre Anwesenheit war es, was ihre Wohnung zu einem schönen, liebevollen Zuhause machte. Laura hatte am Abend des 29. Oktobers ihre engsten Schulfreunde Monika und Klaus besucht und war gerade zurückgekommen. Als sie die Wohnung ihrer Großeltern betrat, spürte sie, dass etwas nicht stimmte. Sie fand ihren Opa in der Küche sitzend. Man konnte erkennen, dass er Beruhigungstabletten genommen hatte, denn er war anscheinend sehr aufgeregt gewesen. Als Laura in die Küche trat, versuchte er gerade zitternd eine weitere Tablette einzunehmen. Er sprach undeutlich, als er seine Enkelin begrüßte. "Wo warst du denn den ganzen Abend?"

„Ich habe Klaus und Monika besucht. Weißt du noch? Ich sagte es dir, bevor ich weggegangen bin" antwortete Laura.

„Ja, aber ich war den ganzen Abend alleine. Ich dachte, du würdest früher nachhause kommen. Ich bin dir ja ganz egal! Ich könnte hier ganz alleine sterben, weil niemand bei mir ist."

Mit jedem Satz musste er mehr um Luft kämpfen. Laura war traurig zu hören, dass ihr Opa so einsam gewesen war und dass er dachte, er wäre ihr nicht wichtig und sie würde ihn alleine sterben lassen. Sie entgegnete „Aber Opa, jetzt bin ich doch hier! Ich bin hier für dich! Was brauchst du denn?"

Plötzlich machte sie sich Sorgen, dass er vielleicht schon zu viele Tabletten genommen hatte, denn sie merkte, dass er sehr betäubt wirkte. Sie nahm ihm die Tabletten weg und sagte „Opa, bitte nimm keine mehr! Du hast schon zu viele genommen."

Dies regte Opa noch mehr auf und er musste noch stärker um Luft kämpfen. Nun beschuldigte er sie, ihn umbringen zu wollen, in dem sie ihm sein Medikament nicht geben wollte. Laura war gekränkt, dass er dachte, sie hätte etwas Anderes im Sinn, als ihm zu helfen. Sie überredete ihn, ins Bett zu gehen, half ihm ins Schlafzimmer und versuchte ihn zu trösten und zu beruhigen. Langsam wurde seine Atmung sehr schwerfällig. „Wenn er sich nur beruhigt und einschläft, wird morgen alles besser sein", dachte sie. Sie würde keine Pläne machen, sondern bei ihm zuhause bleiben, damit er sich nicht länger alleine fühlte. Nachdem sie ihren Opa ins Bett gebracht hatte, ging sie auch zu Bett. Noch eine ganze Weile konnte sie ihn aus dem Schlafzimmer stöhnen hören, bis sie irgendwann einschlief.

Am Morgen des 30. Oktobers wachte Laura in einer unheilvollen Stille auf. Es war schon fast 9 Uhr. Ihr Großvater war um diese Zeit meistens bereits wach und fummelte irgendwo ruhelos herum. Ging es ihm heute Morgen nicht gut nach all der Aufregung gestern Abend? Zögernd lief sie zum Schlafzimmer ihrer Großeltern. Als sie die Tür langsam öffnete, aus Angst ihn aufzuwecken, erblickte sie ihren Opa. Er war tot. Es war offensichtlich: er hatte sein Bein aus dem Bett gestreckt, um aufzustehen, aber war in genau dieser Stellung gestorben. Lauras Welt brach zusammen und ihr Herz spürte einen scharfen Schmerz, als sie sah, wie sein Gesicht vor Leiden erstarrt war. Sie ging zu ihm und nahm seine Hand. Sie war schon kalt. Das Leben hatte ihn bereits vor einigen Stunden verlassen, ohne dass sie es wusste und als er ganz alleine war. Sie konnte es fast nicht ertragen, daran zu denken, dass dies möglicherweise sein letzter Gedanke war: allein zu sterben.

Sie saß an seinem Bett und weinte; fühlte sich so schuldig, dass er tatsächlich alleine gestorben war, genau wovor er am Abend zuvor Angst gehabt hatte.

Ihr geliebter Opa! Er hatte sie immer so bedingungslos geliebt. Er hatte Laura seinen Sonnenschein genannt und hatte sich immer für sie eingesetzt, egal was kam. Er war ein Teil von ziemlich jeder Erinnerung an ihre Kindheit. Wie leer ihre Welt ohne ihn sein würde ...

Als sie Ingrid anrief, war diese schockiert, die Nachricht zu hören. Niemand hatte erwartet, dass Opa sterben würde, da Oma ja diejenige im Krankenhaus war. Sie riefen die Hausärztin an, die kam, um Opas Tod festzustellen. Laura sah zu, als die Bestatter eintrafen und ihren geliebten Opa wegtrugen. Unter Tränen erinnerte sie sich an den Tag, an dem sie sich auf dieselbe tragische Weise von ihrem Papa verabschieden musste und fragte sich, wie sie jemals Frieden in dieser Welt finden würde, ohne diejenigen, die sie so sehr liebte.

Nachdem Opas Leiche in die Leichenhalle gebracht wurde, machten sich Laura und Ingrid auf den Weg zu ihrem täglichen Besuch bei Oma. Wegen der Metastasen in ihrem Gehirn war sie immer verwirrter geworden. Daher schlug Ingrid vor, Opas Tod gar nicht zu erwähnen, einfach um sie davor zu bewahren, mit dieser furchtbaren Nachricht umgehen zu müssen. Sie betraten das Krankenzimmer mit versteinerten Gesichtern. Hoffentlich würde sie nicht nach Opa fragen! Sofort schaute die alte Frau Ingrid mit einem Ausdruck von Dringlichkeit an und sagte „Was machen wir denn jetzt mit den Möbeln?"

Verwirrt blickte Laura zu Ingrid. „Welche Möbel denn, Oma?" fragte das Mädchen.

„Na, die Möbel in unserer Wohnung!" antwortete Margarethe.

„Aber Oma", sagte Laura, „die sind doch alle noch da!"

Natürlich befriedigte diese Antwort ihre Großmutter nicht.

„Aber wir brauchen sie jetzt doch nicht mehr" argumentierte Oma. „Du kannst ihnen sagen, sie sollen kommen und alles abholen. Wir brauchen es jetzt nicht mehr" fuhr sie fort.

Ingrid und Laura überkam ein unheimliches Gefühl. Spürte Oma in ihrer Seele, dass ihr Mann gestorben war, obwohl es ihr niemand gesagt hatte? Bestand eine solch feste Verbindung zwischen den beiden, die sogar den Tod überdauerte? Es war ihnen sehr unangenehm und sie wussten nicht, was sie zu ihr sagen sollten; also wechselten sie das Thema. Als sich Laura mit einer Umarmung von ihrer Oma verabschiedete, spürte sie in ihrer Großmutter ein Gefühl von Frieden. Als ob sie beruhigt war, dass es nichts mehr gab, um was sie sich Sorgen machen musste... Dann machten sich Ingrid und Laura auf den Weg nachhause, da Vorbereitungen für die Beerdigung getroffen werden mussten.

Sehr früh am Morgen des 31. Oktobers kam ein Anruf vom Robert-Bosch-Krankenhaus. Margarethe hatte sich im Tode mit ihrem Mann Arthur vereint, genauso wie sie es sich immer gewünscht hatte: Sie hatte ihn einen Tag lang überlebt, sodass er nie ohne seine Liebe von 52 Jahren leben musste. Nicht einmal der Tod konnte sie sehr lange voneinander trennen.

Kurz vor der Beerdigung hatte Ingrid eine scheinbar sehr wichtige Nachricht für Laura. Als sie in Ingrids Wohnzimmer saßen, erzählte sie ihr von einem unehelichen Kind ihres Vaters und dessen Mutter, einer Frau namens Lydia. Das Kind wurde geboren, als Laura vier Jahre alt war. Zu dieser Zeit lebten Lauras Eltern schon drei Jahre lang getrennt, waren aber noch nicht geschieden. Eugen war während seiner Trennung von Lauras Mutter mit zwei anderen Frauen gleichzeitig liiert, ohne dass die Beiden voneinander wussten. Als Ingrid - eine dieser Frauen - ihm mitteilte, dass sie schwanger war, musste er ihr gestehen, dem Gesetz nach noch mit Hildegard verheiratet zu sein. Ingrid glaubte ihm nicht. Sie vermutete, dies sei seine Ausrede, der Verantwortung zu entkommen, Vater und Ehemann zu sein. Sie war wütend und enttäuscht. Ohne ihm eine Chance zu geben, machte sie Schluss mit ihm. Daraufhin reichte er sofort die Scheidung von Hildegard ein, was ein paar Monate dauerte, weil er auch das Sorgerecht für Laura beanspruchte. Da Lauras Mutter meinte, es würde dem Kind ein besseres Leben ermöglichen, stimmte sie am Ende zu. Sie wäre eine alleinstehende, berufstätige Mutter gewesen, wenn sie das Sorgerecht erhalten hätte, wogegen Eugens Eltern mehr als glücklich waren, sich ganz um Laura kümmern zu dürfen. Während die Scheidung lief, weigerte sich Ingrid, mit Eugen zu sprechen. Sie war zu dieser Zeit sechseinhalb Monate schwanger. Unterdessen wurde Lydia – die andere Frau – auch schwanger. Da er sich im Dilemma befand, dass zwei Frauen gleichzeitig ein Kind vom ihm erwarteten, musste sich Eugen schließlich für eine der Beiden entscheiden. Lydia erzählte später, völlig untröstlich gewesen zu sein, als sie von Ingrid, der anderen Frau, erfahren hatte. Sie war sich so sicher, dass Eugen sie heiraten und ihr und ihrem gemeinsamen Kind ein gutes Zuhause geben würde. Sie war erst 21 Jahre alt und er war ihre erste große Liebe. Ihre streng katholische Familie jedoch war gegen eine Verbindung mit einem Mann, der erstens schon einmal verheiratet, zweitens noch nicht einmal geschieden war, und außerdem auch schon ein Kind hatte. Aus diesen Gründen gaben sie ihrer Tochter nicht ihren Segen zur Hochzeit, sondern boten ihr stattdessen an, ihr zu helfen, das Kind alleine aufzuziehen.

Und so geschah es: Eugen heiratete Ingrid und ihr Sohn Philipp kam zur Welt, als Lydia zweieinhalb Monate schwanger war. Dann, sechseinhalb Monate später kam Lydias Sohn Robert zur Welt. Robert kannte seinen Vater kaum, hatte aber eine sehr gute Beziehung zu seinen und Lauras gemeinsamen Großeltern. Sie planten seine Besuche immer dann, wenn Laura gerade nicht da war. Diese konnte später nicht nachvollziehen, wie sie es geschafft hatten, dieses Geheimnis all die Jahre vor ihr versteckt zu halten. Dann fiel ihr ein, wie sie auch das Geheimnis ihrer Stiefmutter bewahrt hatten. Offensichtlich konnten sie Geheimnisse gut für sich behalten. Wegen dieser Umstände war es bemerkbar, dass Ingrid während sie das alles erzählte, nicht gerade begeistert war, Lydia und ihren Sohn bei der Beerdigung zu sehen. Jetzt musste sich Laura daran gewöhnen, dass sie noch einen jüngeren Bruder hatte, den sie bei der Beerdigung zum ersten Mal sehen würde. Soweit es die Umstände überhaupt zuließen, freute sie sich darauf, ihren Bruder kennenzulernen, trotz ihrer tiefen Trauer um ihre Großeltern. Ingrid, die von Robert wusste, hatte ihrem Mann schon lange vor seinem Tod für seine Untreue verziehen. Er zahlte den Unterhalt regelmäßig an Lydia, aber davon abgesehen sollte die Existenz seines Sohnes nicht seine Ehe mit Ingrid beeinträchtigen. Ingrid kannte den Wunsch ihres Mannes, Laura eines Tages von ihrem Halbbruder zu erzählen. Er dachte wohl nur nicht, dass er sterben würde, bevor sich die Gelegenheit ergäbe, es ihr zum richtigen Zeitpunkt selbst zu sagen. Laura war von den Neuigkeiten ein wenig benommen und konnte ihre Gefühle noch nicht ganz sortieren. Trotzdem war sie gerührt von dem Gedanken, dass sie irgendwo noch einen kleinen Bruder hatte. Die Enthüllungen aus dem Leben ihres Vaters überraschten sie jedoch sehr. So wie sie ihn kannte, war er immer ein hingebungsvoller Vater und treuer Ehemann gewesen. Sie konnte sich ihn nicht als solch einen Casanova vorstellen, aber anscheinend war er in seinen jüngeren Jahren gerade das. Als sie sich erinnerte, wie gutaussehend er war, mit seinen hellblauen Augen, charmantem Lächeln, olivfarbener Haut, schwarzen Haaren und großer schlanker Figur, konnte sie sich seine Wirkung auf Frauen vorstellen. Vor Langem hatte sie einmal ein Bild von ihm gesehen, das sehr viel Ähnlichkeit mit Elvis Presley zeigte.

Die Beerdigung fand in derselben Kapelle statt, in der auch Eugen vor neun Jahren beerdigt worden war. Die Asche ihrer Großeltern wurde im Grab ihres Sohnes beigesetzt. Laura war untröstlich. Ihre ganze Welt war zerfallen. Alle, die ihr so am Herzen lagen, gab es nicht mehr. Ihr Zuhause, ihre Adresse, dort wo sie mit ihren Großeltern aufgewachsen war, existierte nicht mehr. Tatsächlich mussten all die Möbel weggebracht werden, so wie es Oma in ihrer Benommenheit gesagt hatte. War sie wirklich nur verwirrt gewesen? Alles was Laura nun noch übrig blieb, war ein Grabstein mit den Namen ihrer Familie.

Welche außerirdische Kraft hatte die vergangenen Ereignisse so gelenkt, dass so viel in genau eineinhalb Wochen geschehen war und es auch noch alles in die Urlaubszeit passte, die Laura frei bekommen hatte? Und welche Gewalt war es, die ihr so viel Schmerz zufügen wollte? Andererseits, wie schwierig wäre es gewesen, ihre Großmutter todkrank und ihren Großvater ganz auf sich selbst angewiesen zurückzulassen, wenn sie nachhause hätte müssen, ohne zu wissen, dass beide ihren Frieden hatten? Jetzt konnte sie mit der Gewissheit zurückkehren, dass sie das

Schwierigste schon durchgestanden hatte: Ihre Großeltern zu verlieren. Stimmte es, was sie in der Bibel
im Buch der Römer gelesen hatte: „Wir wissen aber,
dass denen, die Gott lieben, alle Dinge zum Besten
dienen ..." Bestand Gottes Gnade darin, sie in Frieden
nach Amerika zurückkehren zu lassen?

Am 5. November kam Laura wieder in Dallas an.
Tony hatte Bella und Rachel bei Tante Barbara in
Abilene gelassen, während Laura in Deutschland
war. Er wartete nun am Flughafen, nachdem er die
beiden Töchter wieder abgeholt hatte. Er stand am
Ankunft-Gate mit Bella an der Hand und Rachel im
Kinderwagen. Als Laura sich durch die Menschen-
menge schob, entdeckte sie die suchenden Augen ihres Mannes. Sie hatte ihn ein paar Tage vorher angerufen, um ihm von ihren großen Verlusten zu berichten, also war er darauf vorbereitet, sie voller Kummer
wiederzusehen. Laura fiel ihm in die Arme und sie
weinten beide bitterlich. Tony spürte, wie zerstört
ihre Welt war. „Sie sind tot! Sie sind beide tot! Ich
habe niemanden mehr! Alle, die ich liebte, sind weg!"
weinte sie. Er dachte daran, wie sehr auch er ihre
Großeltern in den letzten Jahren liebgewonnen hatte
und erinnerte sich an die Zuneigung und Anerkennung, die sie ihm geschenkt hatten. So weinte und
trauerte er zusammen mit Laura über ihren Verlust.
Sie verließen den Flughafen ganz in Stille, während
er ihren schlaffen Körper stützte. Lauras Schmerz ließ
ihn wieder einmal die enge Verbindung spüren, die
sie immer noch hatten.

Ein paar Monate nach dem Tod ihrer Großeltern erinnerte sich Laura an ihren Bruder Robert. Ihr Kennenlernen bei der Beerdigung war verständlicher Weise sehr flüchtig gewesen. Seine Mutter Lydia war eine liebe Frau mit rotblondem Haar, genau wie Robert. Er war sehr groß und schlank und hatte viele Sommersprossen in seinem hellen Gesicht. Wie auch Laura hatte er hellblaue Augen. Ansonsten konnte sie nicht viel Ähnlichkeit mit Papa entdecken. Sie dachte an die vielen Rotschöpfe in ihrer Familie: Opa als junger Mann, Ingrid, Becky und Philipp. Und nun Lydia und Robert. Er gab ihr seine Adresse, denn er war offensichtlich sehr von seiner großen Schwester beeindruckt und hoffte, sie werde ihm schreiben. Als sich die Traurigkeit über den Tod ihrer Großeltern etwas gelegt hatte, setzte sie sich hin und schrieb ihren ersten Brief an ihren Bruder. Würde er ihr zurückschreiben? Empfand er genauso wie sie? War er auch gespannt und wollte sie näher kennenlernen? Wie es sich herausstellte, war es so. Eifrig und umgehend beantwortete er all ihre Briefe und die beiden teilten ihr Leben per Post. Laura freute sich, als sie merkte, dass sie eine Verbindung zu ihm verspürte. Er teilte dieselben Erinnerungen an ihre gemeinsamen Großeltern und vermisste sie genauso. Er wuchs als Einzelkind auf, da Lydia erst heiratete, nachdem er achtzehn geworden war. Laura wurde traurig, als sie daran dachte, wie viel schöne Zeiten sie hätten verbringen können, wenn sie zusammen aufgewachsen wären. Irgendwie hatte sie das Gefühl, dass Lydia eine liebevollere Stiefmutter gewesen wäre als Ingrid. Die

Entscheidungen, die ihr Papa damals getroffen hatte, bestimmten definitiv ihren Lebensweg. In den kommenden Monaten zeigte Tony viel Mitgefühl für Laura und war nett und liebevoll, um ihr die Trauer zu erleichtern. Ihre Beziehung wurde enger und inniger dadurch, dass er an ihrem Leid teilnahm.

Im Januar des Jahres 1984 gab Laura bekannt, dass sie wieder schwanger sei. Beide waren hocherfreut und wieder hoffte Laura auf einen Jungen. In der Hoffnung, eines Tages nicht mehr im Ölfeld arbeiten zu müssen und einen besseren Job zu bekommen, der etwas familienfreundlicher war, hatte Tony ein Studium im örtlichen Junior College angefangen. Als er sich für seine Kurse anmeldete, sagte man ihm, dass er seinen gesetzlichen Namen „Diego" angeben müsse und nicht mehr seinen Spitznamen „Tony". Langsam aber sicher gewöhnte sich jeder an seinen neuen Namen und er wurde „Diego". Im gleichen Sommer sprach er häufig von Melinda, einer Klassenkameradin, mit der er sich oft traf, um zu lernen. Er erzählte vom Vater des Mädchens, der Polizist im Nachbarort war, und erwähnte seinen Namen – Carter. Laura hatte Melinda eines Abends zum Essen eingeladen, weil sie Diegos Klassenkameradin kennen lernen wollte. Das 17-jährige Mädchen war sehr nett. Sie war noch auf der High School, besuchte aber nebenher College-Vorbereitungskurse im selben Junior College wie Diego. Laura akzeptierte, dass die beiden befreundet waren, und war nett zu ihr. Während Laura in der Spätschicht im Krankenhaus arbeitete, studierte Diego in Teilzeit und arbeitete nebenher auch noch in Teilzeit. Abends kümmerte er sich um ihre beiden Kinder Bella und Rachel. Laura wusste, dass seine Schulfreundin Melinda ihn öfter bei ihnen zu Hause besuchte. Auch ihre Kinder erzählten davon. Eines Abends, als Laura zu Hause war und Bella badete, hörten sie ein Auto mit einem sehr lauten Auspuff vorbeifahren. Bella rief gleich „Das hört sich wie Melindas Auto an!"

Laura wurde hellhörig und fragte ihr Kind „Du kennst das Geräusch von Melindas Auto?"

Bella antwortete „Ja, ich erkenne es immer, wenn sie kommt, um mit Papa zu lernen. Dann höre ich sie eine Weile reden, aber dann werden sie ganz ruhig!"

Die unschuldigen Worte ihres Kindes stachen in Lauras Herz wie ein Dolch. Für einen Moment wurde sie von einer Welle von Übelkeit überrollt und es fehlten ihr die Worte. Hatte sie gerade zufälligerweise erfahren, dass ihr Mann eine Affäre hatte? Wie in Trance beendete sie das Bad ihres Kindes und brachte es zu Bett. Lauras jüngere Tochter Rachel schlief schon. Laura fragte sich, wie die heftigen Emotionen auf ihr ungeborenes Kind wirkten, von denen sie jedes Mal ergriffen wurde, wenn sie die Worte ihrer Tochter in ihrem Kopf wiederholte.

Sie entschloss sich, Diego am gleichen Abend zur Rede zu stellen. Anstatt ihn nach einer eventuellen Affäre zu befragen, beschloss sie, so zu tun, als ob sie es schon erfahren hatte und wollte ihn dazu bringen, es zuzugeben. Natürlich hoffte sie trotzdem zu hören, dass es keinen Grund zur Sorge gäbe und er alles bestreiten würde – schließlich war sie jetzt sechs Monate schwanger und sicherlich würde Diego sie nicht jetzt, nach all dieser Zeit, wieder betrügen!

Sie dachte zurück an die schmerzhaften Erinnerungen an Selma. Laura hatte ihm seitdem vergeben können und versucht, ihrem Mann wieder zu vertrauen. War sie einfach ein Narr, der nie dazulernen würde? Zu ihrer Überraschung bestätigte er die Affäre mit Melinda an jenem Abend. Dies zerstörte sie völlig. Aus der Freundschaft zwischen Diego und Melinda war Liebe geworden und er gab tatsächlich zu, dass er sich in dieses Mädchen verliebt habe und den Rest seines Lebens mit ihr verbringen wolle. „Ich liebe dich einfach nicht mehr" sagte er ganz ruhig.

Laura traute ihren Ohren nicht und nur mühsam konnte sie begreifen, was sie gerade gehört hatte. Als die Worte ihre Seele erreichten, schmerzten sie fürchterlich. Das Leben, das sie mit ihrer ersten Liebe aufgebaut hatte, zerfiel vor ihren Augen. Der Vater ihrer beiden Kinder und ihres ungeborenen Kindes liebte sie nicht mehr, sondern hatte eine Andere hier in ihrem Ehebett geliebt. Sie konnte es einfach nicht fassen und wieder wurde sie von Übelkeit überfallen. Während sie von Weinkrämpfen geschüttelt wurde, sagte er ihr, dass er so bald wie möglich ausziehen werde. Mit einer Mischung aus tiefer Traurigkeit und Wut, solch ein Narr zu sein und einen Mann zu lieben, der ihr einfach nicht treu sein konnte, rollte sie sich im

Bett zusammen und weinte, bis sie vor Erschöpfung schließlich einschlief. Diego verließ das Haus irgendwann an diesem Abend, da er wusste, er könne seine Frau nicht trösten.

Am nächsten Tag, als sie all ihre Tränen geweint hatte, überlegte sie, wie hinterhältig die beiden gewesen sein mussten, um Melindas Affäre mit dem verheirateten Mann vor ihren Eltern versteckt zu haben. Wussten sie überhaupt, dass er verheiratet war? Sie entschloss sich, es heraus zu finden und ihnen die Wahrheit zu sagen, falls sie es nicht wussten. Sie suchte den Namen Carter im Telefonbuch und zum Glück gab es diesen Namen nur einmal in Melindas Wohnort. Sie wählte die Nummer und als eine Männerstimme antwortete, stellte sie sich mit zitternder Stimme vor „Hallo. Ich heiße Laura Mendoza. Ich rufe an, um sie zu informieren, dass ihre Tochter schon seit einiger Zeit eine Affäre mit meinem Mann hat. Er teilte mir gestern mit, dass er mich wegen ihrer Tochter verlassen wird. Wussten Sie das?"

Es herrschte ein Stille, die sehr lange zu dauern schien. Endlich fragte die männliche Stimme „Wie heißt denn ihr Mann?"

Laura antwortete „Diego."

Der Mann schien erleichtert und sagte „Ach ja, wir wissen, dass sie einen Schulfreund mit diesem Namen hat. Wir wissen auch, dass er verheiratet ist und Kinder hat. Sie geht oft zu ihm, um zu lernen. Aber er ist nicht ihr Freund. Ihr Freund heißt Tony. Wir haben ihn schon kennengelernt. Er ist ein sehr netter junger Mann."

Laura konnte es nicht glauben! So hatten sie also Melindas Eltern ausgetrickst, um sie dazu zu bringen, ihn zu akzeptieren – indem sie verschiedene Namen für verschiedene Zusammentreffen benutzten. Laura erklärte dem Mann, dass Diego und Tony ein und dieselbe Person waren. „Sein gesetzlicher Name ist Diego, aber sein Spitzname ist Tony."

Die schockierte Stimme fragte „Wie lange sind sie schon verheiratet?"

Laura antwortet dem Mann „Sechs Jahre. Wir haben zwei Kinder und ich bin seit sechs Monaten schwanger mit unserem dritten Kind."

Ohne dass sie dem Mann gegenübersaß, merkte sie, wie schockiert er war. Wieder konnte er keine Worte finden. Nachdem er sich gesammelt hatte, sagte er „Das tut mir sehr leid. Wir werden mit unserer Tochter reden. Und danke, dass Sie uns Bescheid gegeben haben."

Laura war froh, Melindas Eltern die Wahrheit gesagt zu haben. Sie konnte den Gedanken nicht aushalten, dass Diego die Rolle eines anständigen Tonys gespielt hatte, um die nichts ahnenden Eltern zu täuschen. Und außerdem – das Mädchen war noch minderjährig! Mission completed.

Melindas Eltern hatten ein ernsthaftes Gespräch mit ihrer Tochter, bei dem Tony ebenso anwesend war. Die beiden bekannten sich zu dem Spiel, das sie gespielt hatten und bestätigten die Wahrheit, die Laura ans Licht gebracht hatte. Die Eltern waren sehr wütend und enttäuscht von ihrer Tochter und sagten den beiden, dass sie die Beziehung unter diesen Umständen nicht mehr dulden würden. Sie forderten ihre Tochter auf, so bald wie möglich von daheim auszuziehen. Sobald sie achtzehn wurde, zog sie zu Diego in dessen Wohnung.

Laura kämpfte sich durch jeden Tag, während sie die Geburt ihres Kindes schweren Herzens erwartete. Wie konnte sie sich auf dieses wundervolle Ereignis freuen, wo doch ihre Freude so getrübt war. Auf Diegos Bitten zog Bella zu ihrem Vater und Melinda. So fühlte er sich nicht, als ob er seine ganze Familie aufgegeben hatte. Laura arbeitete weiterhin bis kurz vor der angekündigten Niederkunft. Ihre ganze Welt, ihr Leben, alles hatte sich geändert. Laura sehnte sich zurück in ihre heile Welt. Wie einsam sie sich im vergangenen Jahr fühlte, seit es Oma und Opa nicht mehr gab. Was würden sie dazu sagen, hätten sie noch erlebt, was Laura durchgemacht hatte? Wie enttäuscht sie wären und wie verärgert auf Diego, dachte sie. Er hatte das Vertrauen von allen zerstört.

Diana

Es war Labor Day, der 3. September im Jahre 1984 und ein gewöhnlicher, heißer Spätsommertag in Oklahoma. Laura war zuhause in ihrem kleinen Häuschen, welches sie nach der Trennung von Diego gekauft hatte. Sie fühlte leichte Wehen, aber sie nahm sie noch nicht ernst, da sie noch in großen Abständen kamen. Ihre Freundin und Kollegin, Lindsey, die nur ein paar Straßen weiter wohnte, kam vorbei, um nach Laura zu schauen. Sie wusste, dass ihr Kind bald kommen solle und dass sie ohne Ehemann war. Laura teilte ihrer Freundin mit, dass sie ihre Geburtshelferin angerufen hatte. Diese hatte Laura vorgeschlagen, ins Krankenhaus zu kommen, um sich untersuchen zu lassen; nur um sicherzugehen. Lindsey unterbrach sofort und sagte „Ich fahre dich hin."

Laura durfte nicht widersprechen.

„Ich muss nur meine Tochter zu einer Freundin bringen, dann können wir von dort aus ins Krankenhaus fahren."

Laura rief kurz Diego an, der Bella und Rachel für diesen Feiertag bei sich hatte. Er sagte, er werde sich später nach ihr erkundigen, um herauszufinden, ob sie tatsächlich mit Wehen eingeliefert wurde.

Laura und Lindsey machten sich auf den Weg. Der Verkehr war zäh auf allen Highways der Stadt, da viele zu den naheliegenden Seen unterwegs waren, um dort Labor Day zu feiern. Um ihre Tochter zu ihrer Freundin zu bringen, fuhr Lindsey zuerst in die entgegengesetzte Richtung des Krankenhauses. Als Lindsey wieder zum Auto kam und sich in Richtung Krankenhaus aufmachte, wurde Laura plötzlich von sehr starken und kurz aufeinander folgenden Wehen und einem Gefühl überrascht, pressen zu wollen. „Lindsey, wir müssen uns beeilen!" sagte sie zu ihrer Freundin.

Die Frauen, die beide Krankenpflegerinnen waren, erkannten die Dringlichkeit des Zustands, aber sie konnten nicht weiterfahren. Der Verkehr stand inzwischen völlig still. Dann entdeckte Lindsey eine Möglichkeit, eine Ausfahrt zu nehmen, um in eine andere Richtung zu fahren, wo der Verkehr besser lief. Das Auto brauste nun schnell auf der Interstate-240 in Richtung Oklahoma Memorial Hospital. Ab und zu rief Laura zwischen Atemzügen „Bitte beeile dich!"

Gerade als sie in der Nähe der Ausfahrt nach Lawton waren, keuchte Laura „Ich spüre den Kopf ganz tief und er drückt unheimlich! Du musst anhalten!" Beide Krankenpflegerinnen wussten, was das bedeutete: die Geburt stand unmittelbar bevor. Lindsey lenkte das Auto schnell auf den Seitenstreifen und kam zum Beifahrersitz, um Laura zu helfen. Sie atmete schon heftig, um das Pressen zu vermeiden und die Geburt ihres Kindes noch zu verzögern. Lindsay winkte wild, um die Aufmerksamkeit anderer Autofahrer zu erlangen, während sie zu Laura ging. Keiner nahm die beiden Frauen in Not wahr. Lindsey erinnerte sich daran, dass sie ein Handtuch auf dem Rücksitz liegen hatte und schnappte es schnell. Gerade als sie zu Laura kam und eilig ihre Kleider entfernte, glitt der Kopf des Kindes sanft in ihre Hände und sie half dem Neugeborenen auf die Welt.

Das kleine Mädchen schien kerngesund und war wunderschön. Lindsey legte Diana in ein Handtuch eingewickelt auf die Brust ihrer Mutter. Weder Laura, noch ihre Freundin dachten daran, auf die Uhr zu schauen, daher konnten sie sich später nur ungefähr daran erinnern, dass das Kind wohl um 16 Uhr auf die Welt gekommen war. Lindsey fuhr dann weiter ins Krankenhaus.

„Na ja, eines wissen wir schon mal" sagte Laura, „sie ist definitiv ungeduldig und will alles nach ihrem eigenen Plan machen."

Lindsey stimmte lachend zu und war noch immer überwältigt von der Ehre, die ihr zuteilwurde, indem sie das Kind ihrer Freundin auf die Welt bringen durfte. Als Onkologie-Fachschwester hatte sie das noch nie getan. Die zwei Frauen setzten ihren Weg ins Krankenhaus fort und wurden dort von einem Sicherheitsbeamten vor dem Eingang der Notaufnahme empfangen. „Kann ich Ihnen helfen?" fragte er durchs Autofenster.

Lindsey antwortete ganz ruhig „Ja. Wir haben es leider nicht ganz hierher geschafft und haben gerade ein Kind entbunden". Sie lachte.

Seine Augen wurden riesig und mit entsetztem Blick rief er „Ach du meine Güte!" Dann versicherte er den Frauen „Einen Moment, ich hole gleich jemanden."

Er eilte durch den Eingang und kam mit einer Schwester aus der Notaufnahme zurück. „Hi! Geht es allen gut?" Sie blickte auf Laura, die das Neugeborene im Handtuch hielt.

„Ja, es geht uns beiden gut", antwortete die neue Mutter.

Die Schwester öffnete die Tür, um die Kleine entgegenzunehmen, als Laura schnell rief „Warten Sie! Wir sind noch verbunden!"

Erst dann bemerkte sie, dass die Nachgeburt noch nicht entbunden war und die Nabelschnur noch getrennt werden musste. „Oh, ich verstehe! Entschuldigung", sagte sie, „einen Moment." Sie eilte wieder hinein und erschien kurz darauf mit einer Nabelklemme und einer Schere. Sie trennte die Nabelschnur, die das Baby mit seiner Mutter verband, und griff wieder nach dem Kind, um es nun zu nehmen. Sie versprach Laura, sie werde drinnen gleich mit ihrer Tochter vereint werden und eilte hinein, während sie das Kind vorsichtig in ihren Händen trug. Laura drehte sich zu Lindsey und sagte „Ein etwas ungewöhnlicher Ablauf, denn sie hat noch nicht einmal ein Armband mit meinem Namen drauf. Du glaubst doch nicht, sie wird mit irgendeinem anderen Baby vertauscht, das auch heute im Auto geboren wurde, oder?"

Lindsey lachte ihre Freundin an und entgegnete „Nein, ich glaube es besteht nicht die geringste Gefahr dafür!"

In diesem Moment wurde eine Transportliege gebracht, um Laura ins Krankenhaus hineinzubringen. Sie scherzte und fragte die Pflegerinnen, ob man Rabatt bekäme, wenn man den Kreißsaal nur für die Nachgeburt und nicht für das Kind benötige. Diese lachten und sagten „Das wissen wir nicht, das müssen Sie mit der Finanzabteilung bereden."

Diana entwickelte sich in eine zielstrebige junge Frau, die stets die gewohnten Lebensweisen, Religionen und Autoritäten in Frage stellte und sich nie schämte, sich von der Masse abzuheben. Sie hatte die Gabe, immer menschliche Güte auszustrahlen, akzeptierte alle Menschen in ihrer Vielfalt und war ein Befürworter derer, die benachteiligt wurden. Für ihre älteste Schwester Bella wurde sie später ein Mentor, obwohl sie die jüngere der beiden war. Dianas Unterstützung und Empathie, gemeinsam mit der aufrichtigen Liebe ihrer eigenen Kinder, half Bella in einer Zeit der Verzweiflung. Diana war die Person, die entscheidend daran beteiligt war, ihrer Schwester durch diese sehr schwierige Zeit hindurch zu helfen.

Wahrhaftig, welch besonderer Labor Day war es, der dieses kostbare Leben zur Welt brachte.

Nach lokalem Recht wurde Laura und Diegos Scheidung erst nach der Geburt ihres Kindes abgeschlossen. Sie unterschrieben die Scheidungsdokumente am 14. September 1984. Laura verließ das Gericht mit einem Kloß im Hals und Tränen in den Augen. Nur zwei Wochen zuvor hatte sie ihre Tochter Diana zur Welt gebracht und schon heute schien Diego erleichtert, das Dokument zu unterschreiben, welches ihm die Freiheit gewährte, sein Leben mit einer anderen fortzusetzen. Lauras Herz war schwer. Ihr Leben hatte sich überhaupt nicht so entwickelt, wie sie sich es vorgestellt hatte: Alleinstehend, mit drei Kindern und sonst niemandem, der sie liebte. Keine Oma. Kein Opa. Kein Papa. Ihre Mutter wollte weder etwas von Laura wissen, noch von ihren Enkelkindern. Sie hatte so ziemlich keinen Kontakt mehr zu Laura. Was für ein einsamer Ort Amerika geworden war.

Melinda

Diego und Melinda wohnten nun seit mehreren Monaten zusammen in einer Wohnung in einem Ort in der Nähe von Lauras Haus. Diego bat Laura um die Hälfte aller Haushaltsartikel, sodass er und Melinda ihre neue Wohnung einrichten könnten. Um eine Konfrontation zu vermeiden, da sie noch vom Schmerz der Ablehnung, die sie durch Diego erfahren hatte, mitgenommen war, stimmte Laura allem zu, was Diego forderte. Aber die Schwere der Ungerechtigkeit, die er ihr zugefügt hatte, lastete immer noch stark auf ihren Schultern. Täglich versuchte sie, den neuen Pfad zu akzeptieren, dem ihr Leben nun zu folgen schien, aber sie beneidete Diegos und Melindas Zweisamkeit. Allein der Gedanke an das kleine Liebesnest, welches er und seine Liebhaberin sich erschaffen hatten, schnitt wie ein Messer tief in ihre Seele. Jedes Mal, wenn sie anrief, um mit ihm zu sprechen, kam zuerst Melinda ans Telefon und beide verhielten sich so als ob alles so sei, wie es eben sein sollte. Das Leben schien einfach auf fröhliche Art und Weise für Diego und Melinda weiterzugehen. Aber nicht für Laura! Ihr Leben war traurig und leer ohne den Mann, den sie so sehr liebte. Außerdem, wer würde jemals eine geschiedene Frau mit drei Kindern wollen? Sie würde ihren Kindern wahrscheinlich niemals wieder ein glückliches, intaktes Familienleben geben können, welches die drei doch so sehr verdienten. Die Hoffnung, wieder zu heiraten, war gering. Sie hatte das Gefühl, dazu bestimmt zu sein, alleine zu bleiben, und es fraß an ihrer Seele. Eines Tages, wie schon so viele zuvor, rief Laura Diego an, um mit ihm zu sprechen. Irgendwie half es gegen ihre Einsamkeit, hin und wieder seine Stimme zu hören und zu spüren, dass sie durch ihre Kinder doch noch verbunden waren. Melinda nahm ab, legte aber sofort wieder auf, als sie merkte, wer am anderen Ende war. Das war genug! Laura war bisher ganz höflich gewesen, unterschrieb die Scheidung unangefochten, teilte ihren Haushalt auf und ließ sogar ihre älteste Tochter bei ihm wohnen. Wie konnte seine 18-jährige Liebhaberin es wagen, sie so respektlos zu behandeln? Wer glaubte sie denn, wer sie sei? Sie packte Rachel und Diana ins Auto und fuhr zu Diegos Wohnung. Ihr Herz hämmerte heftig, als sie läutete.

Diego öffnete die Tür und Laura rannte schnell an ihm vorbei. Als sie am Bücherregal vorbeilief, sah sie Melindas High School Abschlussbild und zerriss es in tausend Stücke. Sie rannte weiter ins Schlafzimmer, wo Melinda unbekleidet im Bett lag. Diego folgte gleich hinter ihr. Laura begann das Mädchen mit all ihrer aufgestauten Wut und Verbitterung zu schlagen. Sie schrie „Wer glaubst du eigentlich, wer du bist; in unser Leben zu kommen und mir meinen Mann wegzunehmen, meine Ehe und mein Familienleben zu zerstören? Und wie wagst du es, einfach aufzulegen? Du glaubst wohl, dass alles okay ist, weil dein Leben einfach glücklich für dich weitergeht? Es ist aber nicht okay! Mein Leben ist nicht glücklich! Du hast es zerstört! Meine Kinder haben ihr glückliches Zuhause verloren! Das ist nicht okay!“

Während sie jeden Satz brüllte, schlug sie weiter auf das Mädchen ein und hatte sie jetzt auf den Boden gerungen. Melinda war so schockiert und erschrocken, dass sie sich nicht gegen die tobende Frau wehren konnte. Diego, der selbst völlig schockiert war, fing an, die beiden auseinander zu bringen, indem er Laura von Melinda wegzerrte. Melinda schnappte sich schnell ein Kleidungsstück und rannte voller Horror zur Tür hinaus. Als Diego es endlich schaffte, Laura auf den Boden zu drücken, bis sie sich nicht mehr bewegen konnte, fragte er sie „Und jetzt, geht es dir besser?"

Sobald sie wieder Luft geholt hatte, antwortete sie ruhig „Ja."

Er ließ sie aufstehen. Sie drehte sich um, lief durch die Tür und ließ Diego völlig erstaunt zurück. Vielleicht war er sogar froh, dass er nicht selbst das Opfer ihres Ausbruchs gewesen war.

Laura kehrte zu ihren Kindern zurück, die sie im Auto gelassen hatte. Sie wussten nicht, was gerade vorgefallen war, und waren noch zu jung, um sich Gedanken zu machen, warum ihre Mutter noch schwer schnaufte, als sie zurückkam. Nachdem sie ihre Frustration losgeworden war, ging es Laura tatsächlich besser. Es hatte ihr gutgetan, zu sagen „Es ist nicht okay!" Welch heilende Wirkung diese Worte für sie hatten! Nun konnte sie ihr Leben mit Würde neu beginnen und es waren Melinda und Diego, die mit ihrem Gewissen weiterleben mussten.

Melinda vermied eine ganze Weile, zu Lauras Haus zu kommen, um die Kinder abzuholen. Verständlicherweise befürchtete sie eine weitere Konfrontation. Nachdem sie meinte, es sei genug Zeit vergangen, kam sie wieder, um Rachel und Diana für ein Wochenende mit ihrem Vater mitzunehmen.

Während sie wartete, bis Laura zur Tür kam, hielt Melinda großen Abstand zur Treppe. Laura bemerkte die Besorgnis des Mädchens und konnte diese definitiv auch nachvollziehen. Melinda war so jung, aber war bisher immer nett und liebevoll zu den Kindern gewesen, die sie alle auch gerne mochten. Sie musste wohl sehr in diesen Mann verliebt sein, um sich so liebevoll um seine Kinder zu kümmern, dachte Laura. Sie wand sich zu dem Mädchen und sagte „Melinda, ich wollte dir nur sagen, wie sehr ich es schätze, dass du so lieb zu meinen Kindern bist. Ich schätze alles, was du für sie tust und halte es nicht für selbstverständlich. Es beruhigt mich, zu wissen, dass Diego mit jemandem zusammen ist, der meine Kinder liebt. Das ist mir sehr wichtig und ich danke dir dafür!"

Melinda Augen waren weit aufgerissen und sie war sichtlich überrascht, aber auch gerührt. Nachdem sie einen Moment lang nach Worten suchte, antwortete sie einfach „Gerne."

Laura ging ins Haus, um die Mädchen zu holen, die glücklich waren, das Wochenende mit ihrem Vater und Melinda zu verbringen. Sie beobachtete, wie Melinda mit ihren Mädchen wegging und in ihrem Herzen spürte sie wieder einmal die Macht der Vergebung und Dankbarkeit.

Kurz nach Dianas Geburt fing Laura wieder an zu arbeiten. Diana war gerade drei Wochen und Rachel zwei Jahre alt. Die sechs Jahre alte Bella wohnte weiterhin bei ihrem Vater und Melinda und schien dort sehr glücklich zu sein. Laura dachte, es wäre jetzt ein guter Zeitpunkt, um sich weiter zu bilden und so ihr Gehalt zu steigern. Sie schrieb sich bei der Oklahoma State University für ein Pflegestudium ein. Eine liebe Freundin namens Ann, die zuvor schon Tagesmutter für Lauras Kinder gewesen war und die Kinder wie ihre eigenen behandelt hatte, bot an, unter der Woche auf Rachel und Diana aufzupassen. Sie war sogar bereit, die Kinder bei ihr übernachten zu lassen, sodass Laura studieren und weiterhin in Vollzeit arbeiten konnte. Sie besuchte dreimal in der Woche vormittags Vorlesungen und arbeitete von 15 Uhr bis 23 Uhr im Krankenhaus. Obwohl sie ihrer Freundin dankbar war, dass sie ihr ermöglichte, ihr Ziel zu erreichen, fragte Laura sich oft, ob es solch ein großes Opfer wert war, denn sie konnte sehr wenig Zeit mit ihren Kindern verbringen. Sie hoffte nur, dass ihre Bemühungen sich eines Tages auszahlen würden. Die Schuldgefühle und die Frage, ob ihre Kinder wussten, dass ihre Mutter sie liebte, obwohl sie nur am Wochenende bei ihr waren, beschäftigten Laura ständig.

An einem Freitag im Sommer des Jahres 1985 mussten Rachel und Diana von Anns Haus abgeholt werden. Laura war gerade bereit, die kurze Fahrt anzutreten, als das Telefon läutete. Es war Melinda. Sie sprach davon, unverhofft frei zu haben, und bot an, die zwei Mädchen abzuholen. Es war geplant, dass sie das Wochenende mit ihrem Vater verbringen würden. Laura war dankbar dafür, die Fahrt nicht machen zu müssen, und nahm ihr Angebot an. Melinda würde in Kürze losfahren.

Laura freute sich auf ihren freien Abend, da sie wusste, dass ihre Kinder abgeholt und bald bei ihrem Vater sein würden. Dann läutete wieder das Telefon. Diego war am anderen Ende und sie spürte sofort, dass etwas nicht in Ordnung war. Seine Stimme bebte und wurde durch einen Schwall von Tränen unterbrochen. Ein beklemmendes Gefühl überkam sie. „Was ist?" rief sie ins Telefon.

Seine Worte waren abgehackt und sie hörte nur „Es gab einen Unfall...Melinda...Rachel...noch dort..." Dann war plötzlich Stille in der Leitung. Während sie versuchte, die Nachricht zu begreifen, schrie sie voller Verzweiflung „Was ist mit Rachel? Ist mit ihr alles in Ordnung? Was sagst du denn? Ich verstehe dich nicht! Was ist mit Rachel? Diego! Wo ist Rachel? Sag etwas!"

Er konnte sich endlich sammeln, sprach klarer und wiederholte „Rachel und Diana sind noch bei Ann. Melinda hatte einen Autounfall. Bella geht es gut. Sie ist hier im Hillcrest-Krankenhaus." Sofort legte Laura auf und machte sich auf den Weg zum Krankenhaus. Auf der Fahrt dorthin ließ sie sich noch einmal durch den Kopf gehen, was Diego sagte. Plötzlich fiel ihr auf, dass er Melinda nicht weiter erwähnt hatte. War sie auch verletzt? Als sie die Notaufnahme betrat, kam ihr Diego entgegen. Mit einem Blick in sein Gesicht konnte man erkennen, dass etwas Furchtbares geschehen war. Er fiel Laura in die Arme und begann bitterlich zu weinen „Sie ist tot! Melinda ist tot!"

Sie spürte Diegos Schmerz. Es schien, als ob jegliche Kraft seinen Körper verlassen hatte. Trotz allem, was in den letzten Monaten geschehen war, war sie zutiefst erschüttert von der fürchterlichen Situation, in die das Schicksal ihren Ex-Mann versetzt hatte. Sie stand wie gelähmt und stützte Diegos Körper während seines Zusammenbruchs. Ein paar Meter hinter ihm erschien ein Ehepaar, welches aufgelöst und am Boden zerstört wirkte. Es waren Melindas Eltern. Laura spürte tiefstes und aufrichtiges Beileid für sie und Diego. Melinda war gerade achtzehn und hatte ihr Leben gegeben, während sie auf dem Weg war, Lauras und Diegos Kinder abzuholen – nur aus Hilfsbereitschaft. War das Diegos Strafe dafür, dass er seine Frau betrogen und dann verlassen hatte? Ist Gott so grausam mit seiner Bestrafung? Wie konnte Diego das ertragen? Kämpfte er innerlich auch mit derselben Frage der Schuld? Und wie ging es Bella?

Laura folgte Diego in die Kabine der Notaufnahme, wo Bella behandelt wurde. Da war ihr kleines Mädchen, das gerade dieses furchtbare Unglück erlebt hatte. Wie schlimm für eine Siebenjährige, so etwas mitmachen zu müssen! Laura eilte zu ihrer Tochter, hielt sie fest im Arm und dankte dem Himmel, dass sie verschont geblieben war. Sie ließ Bella nicht aus den Augen, während sie im Krankenhaus übernachtete, wo ihr Kind wegen Verdacht auf Gehirnerschütterung überwacht wurde. Durch die nüchterne Erkenntnis, wie leicht ihr Kind auch ihr hätte genommen werden können, wurde sie immer wieder mit Dankbarkeit über dessen Unversehrtheit überflutet.

Später hörte sie die Schilderung des Unfalls: Bella lag quer auf der vorderen Sitzbank, als Melinda auf eine Landstraße einbog. Sie übersah das Stoppschild, das der Querstraße die Vorfahrt gab. Ein Auto, das von links kam, traf ihr Auto ungebremst hinter dem Fahrersitz und schleuderte es herum, wodurch die Fahrertür aufsprang. Melinda, die nicht angeschnallt gewesen war, wurde herausgeschleudert.

Rettungs-Sanitäter, die am Unfallort ankamen, fanden die siebenjährige Bella, die herumirrte und nach der Freundin ihres Vaters rief. Melinda wurde bereits bei der Ankunft im Krankenhaus für tot erklärt, obwohl Sanitäter und Ärzte stundenlang kämpften, um das 18-jährige Mädchen zurückzubringen; jedoch ohne Erfolg.

Laura nahm an Melindas Beerdigung teil, um ihren trauernden Ex-Mann und ihre trauernde Tochter zu unterstützen. Sie drückte Melindas Eltern ihr tiefstes und aufrichtiges Beileid aus und konnte sich beim besten Willen nicht vorstellen, wie es sein müsse, ein

Kind zu verlieren. Dabei war es ihr aber völlig bewusst, dass auch sie in dieser Lage hätte sein können. Dann erinnerte sie sich an den Moment, in dem sie dem jungen Mädchen ihren Dank ausgesprochen hatte und sie war im Nachhinein sehr froh, dass sie diese Gelegenheit wahrgenommen hatte. Laura dachte darüber nach, wie viel Schuld und Reue sie jetzt empfinden würde, wenn sie mit der Tatsache leben müsste, dass Melindas letzte Erinnerung an sie die Prügel in der Wohnung gewesen wäre, bevor sie aus diesem Leben scheiden musste. Dieser Gedanke, und zu sehen, wie Diego um den Verlust seiner Freundin trauerte, als Melindas Leiche beigesetzt wurde, brachten Laura dazu, bitterlich zu weinen.

Als Diego in eine andere Nationalgarde-Einheit versetzt wurde, die ungefähr 90 km entfernt war, bot er Laura an, alle drei Kinder zu sich zu nehmen. Laura könne weiterhin an der Universität studieren. Er war viel reifer geworden im Vergleich zu dem Mann, der er früher gewesen war und dem Alkohol ein ständiger Begleiter war. Nun war er verantwortungsvoller und wollte sich mit seinen Kindern umgeben, was ihm eine Aufgabe gab und dabei half, seine noch frischen Wunden zu heilen. Nun würden die jüngeren Mädchen nicht mehr bei Ann bleiben, sondern tagsüber in einer Kindergrippe und abends bei Diego und ihrer älteren Schwester sein. Laura konnte in Ruhe mit ihrem Studium weitermachen und trug weniger Schuldgefühle, so viel Zeit aufzuopfern, ohne bei ihren Kindern zu sein. Daher stimmte sie gerne zu und war froh, dass ihre Kinder vorübergehend bei ihrem Vater leben würden.

Im Herbst 1985 bekam sie die Aufgabe im Fach „Englische Literatur" ein Gedicht zu schreiben. Sie versuchte, ein passendes Thema zu finden. Nachdem sie es sich lange überlegt hatte, entschied sie sich, über ihren lieben Opa zu schreiben, der jetzt schon zwei Jahre lang tot war. Die liebevollen Erinnerungen, die in dem Gedicht wiedergegeben wurden, bescherten ihr die Bestnote und wurden in einer Ausgabe des „Redbud Classic" der Oklahoma State University veröffentlicht. Dies war eine Sammlung von Werken des Studentenjahrgangs, ausgewählt von einem Gremium von Professoren der Universität.

Hand in Hand

Zärtlich erinnere ich mich

du nahmst mich auf als ich noch ein Kleinkind war

ab diesem Tag waren wir unzertrennlich

Jeder nannte mich deinen Sonnenschein

Ich erinnere mich

an viele Geburtstagsfeiern

du hast Clown für uns gespielt

mit deinen übergroßen Schuhen und deiner roten Nase

Ich erinnere mich

120

an Sommertage im Garten; wir spielten Sackhüpfen

und viele verschiedene Spiele;

die viele Spaziergänge durch die Stadt zusammen, Hand
in Hand,

das alte Café mit dem leckeren Gebäck und heißer Schokolade,

die Sonntagsspaziergänge durch den Schlossgarten

wo ich die Tauben verjagte und die Enten fütterte

und an die Musikkapelle

die im Pavillon spielte.

Du warst ein Musiker, dein Herz war immer in deiner
Musik

Ich erinnere mich

daran, dass es dir fast das Herz brach

als ich dir erklärte, dass

ich mit vierzehn nun zu alt war um Hand in Hand

mit dir durch die Stadt zu gehen.

In all meinen Erinnerungen an meine Kindheit

warst du immer da aber nun bist du weg

und alles was ich habe, sind Erinnerungen

und die aufrichtige Liebe, die ich empfinde

wenn ich an dich denke, Opa

Und ich frage mich:

Gibt es Cafés mit leckerem Gebäck

und heißer Schokolade

im Himmel?

Oh, und Opa

Ich glaube nicht mehr, dass ich zu alt bin um Hand in Hand

mit dir zu gehen...

Laura beendete ihr Studium an der Oklahoma State University im Dezember des Jahres 1987, bestand ihr Staatsexamen im April 1988 und erhielt den Titel „Staatlich geprüfte Krankenpflegerin". Es hatte sie drei Jahre und viele Opfer gekostet, aber die Belohnung zeigte sich schnell in einer deutlichen Gehaltserhöhung und ihre Ausbildung ermöglichte ihr, ein ganzes Leben lang gut für ihre Familie zu sorgen.

Steve

Als sie noch in ihrem letzten Semester an der Universität war, besuchte sie regelmäßig eine Baptisten-Kirche in der Stadt. Als alleinerziehende Mutter ging sie nicht gerne in Bars, aber hoffte eines Tages einen passenden Mann zu finden, der ihr ein guter Gefährte sein würde. Zwischenzeitlich kümmerte Diego sich noch immer um ihre Kinder, die ihre Mutter jedes Wochenende besuchten. Bald würde Laura ihre Schule vollenden und ihre Kinder wieder bei sich haben. Wie viele Kleinigkeiten sie im Leben ihrer Töchter verpasst hatte! Sie schienen ganz ohne Laura aufzuwachsen.

Sie lernte Steve in einer Single-Gruppe in der Kirche kennen. Er war groß, gutaussehend und hatte angegrautes Haar. Er arbeitete bei einem Autohersteller vor Ort und hatte eine nette kleine Wohnung im Süden der Stadt. Ihr erstes Treffen war beim Volleyball. Mit neununddreißig war er noch sehr sportlich für sein Alter. Sie unterhielten sich über dies und das und Laura war von dem anständigen christlichen Mann angezogen, der auch gleich Interesse an ihr zeigte. Sie hatten einige Verabredungen und bald verliebte Steve sich in die zwölf Jahre jüngere Frau. Er war schon einmal verheiratet gewesen, war aber schon viele Jahre geschieden und hatte bedauerlicher Weise das Sorgerecht seiner Tochter vor zehn Jahren verloren. Seitdem hatte er sie nicht mehr gesehen. Er war sehr nett zu Lauras Töchtern. Er konnte sich sichtlich in die Denkweise der jungen Mädchen hineinversetzen, konnte ungehemmt sein wie ein Kind und auf ihrer Ebene mit ihnen spielen. Sie mochten ihn bald und seine Albernheit gefiel ihnen.

An einem Tag im Februar saßen er und Laura in einem örtlichen Restaurant und aßen einen Salat, als Laura merkte, dass er sehr nervös war. Er sprach über sein Leben, seine Familie, seinen Glauben, was ihm im Leben wichtig war und andere scheinbar wahllose Dinge. Laura erkannte keinen Sinn in der Unterhaltung, und wusste nicht, wohin diese führen würde. Er zerkrümelte seine Kekse über seinem Salat und dem Tisch und schien damit zu ringen, die richtigen Worte zu finden.

„Was machst du denn?" fragte Laura mit einem verwirrten und fragenden Blick. Steve griff nach etwas in seiner Hosentasche, dann glitt er von seinem Sitz und landete neben ihr auf einem Knie. Er öffnete eine kleine Schachtel, die einen wunderschönen Marquise-Diamant-Ring enthielt und sagte „Also, ich wollte dich fragen, ob du mich heiraten würdest."

Laura war schockiert und fühlte sich zugleich geehrt. Sie kannten sich noch nicht sehr lange, aber hatten schon sehr viel Zeit miteinander verbracht. Sie sah ihn als nett, lustig, ehrlich, zuverlässig und als christlichen Mann an, der ihr das Gefühl von Geborgenheit gab. Im Vergleich zu dem Schmerz, den sie durch Diego erlitten hatte, war sie überzeugt, Steve könnte ihr zeigen, dass sie wieder lieben und vertrauen kann. In den letzten Monaten hatte Diego große Anstrengung unternommen, wieder in ihr Leben zu treten. Durch Melindas Tod war sein Leben nicht so, wie er es sich vorgestellt hatte, und er war einsam geworden. Er versuchte wieder Lauras Herz zu gewinnen, weil er bereute, wie er sie verlassen hatte, nur um am Ende doch alleine zu sein. Sie fürchtete sich regelrecht davor, wieder seinem Charme zu erliegen, dem sie schließlich schon so oft nachgegeben hatte. Sie war sich nicht sicher, ob sie stark genug war, jemals „nein" zu ihm zu sagen.

Steve war bereit, ihr ein guter Ehemann und ihren Kindern ein guter Stiefvater zu sein. Sie konnte nicht wirklich sagen, dass sie in ihn auch so verliebt war wie damals in Diego, ihrer erste Liebe. Aber sie schätzte seine Aufrichtigkeit und sein Streben, ein frommer Mann zu sein. War das nicht viel mehr Sicherheit für eine gute Ehe? Sie würden wieder eine richtige Familie sein. Das wollte sie so sehr für ihre Kinder und sich. Ja, sie würde Steves Bereitschaft, sie zu lieben, akzeptieren und ihr Herz noch einmal öffnen, um wieder zu lernen, jemandem zu vertrauen. Sie nahm seinen Heiratsantrag an.

Die Vorbereitungen für die Hochzeit im Juni waren in vollem Gange. Sogar ihre Stiefmutter Ingrid, ihre Schwester Becky und ihr Bruder Philipp würden an der Zeremonie teilnehmen. Laura musste gleichzeitig weiterhin in Vollzeit arbeiten, das letzte Semester ihres Studiums vollenden und ihre Hochzeit planen. Ganz zu schweigen von den kleinen Mädchen, die sich nach der Aufmerksamkeit ihrer Mutter sehnten.

Es war eine sehr stressige Zeit. Auch Steve schien nervöser und angespannter zu werden, je mehr sich ihr besonderer Tag näherte. Lauras Familie war aus Deutschland angekommen. Ihr kleines Haus war voller Leben. In den letzten Wochen vor der Hochzeit bemerkte Laura mehrfach, wie gefühllos Steve ihr gegenüber war, in Anbetracht dessen, dass sie versuchte, so viele Dinge auf einmal zu bewältigen. Anstatt etwas zurückzutreten, um ihren Stress zu reduzieren, forderte er stets ihre höchste Aufmerksamkeit. Steve schien sogar im Wettkampf gegen ihre Familie zu stehen. Er benahm sich eher eigennützig und anstatt sie zu unterstützen, zeigte er sich noch anspruchsvoller und war eine zusätzliche Herausforderung für Laura, die ihre Zeit für so viele unterschiedliche Dinge einteilen musste. Als sie Steve in den nächsten Monaten besser kennenlernte, bemerkte sie bei ihm Anzeichen von geringem Selbstwertgefühl, das in seine Kindheit zurückführte. Sein Vater war anscheinend emotional distanziert von seinem Sohn und ihm gegenüber manchmal sehr hart, als er noch jung war. Sie begann zu vermuten, dass es seelische Probleme gab. Seine Laune schwankte oft zwischen depressiven Stimmungen und Euphorie. Panik ergriff sie, als sie sich fragte, ob sie dabei war, einen Fehler zu machen. Wahrlich, sie kannte Steve erst eine kurze Zeit, als immer mehr Charaktereigenschaften auftauchten, die sie besorgten. Sollte sie die Hochzeitsvorbereitungen abbrechen und das Ganze noch einmal überdenken? Aber alles war schon vorbereitet. Die Einladungen waren schon abgeschickt.

Sie hatte schon alles gekauft und war bereit für den großen Tag. Sie hatte bereits ein kleines Darlehen aufgenommen, um die Hochzeit zu finanzieren. Sogar ihre Familie aus Deutschland war hier. Sie konnte es sich jetzt nicht mehr anders überlegen. Vielleicht würde sich alles normalisieren, wenn der ganze Stress vorbei war. So hoffte sie jedenfalls.

Sie heirateten am 26. Juni 1987. Ihre Töchter, die alle gleich angezogen waren, sahen reizend aus. Diana, die Jüngste, war die Ringträgerin und trug ein kleines Kissen mit den Trauringen zum Altar. Ihre beiden älteren Schwestern waren bezaubernde Blumenkinder und streuten dunkelrote Rosenblätter auf den Weg zum Altar. Das Brautkleid, das ihr ihre Trauzeugin Susan großzügiger Weise geliehen hatte, war nicht traditionell. Es wurde ein paar Jahre zuvor für deren eigene Hochzeit entworfen und maßgeschneidert. Es hatte ein cremefarbiges, eng tailliertes, langärmeliges Oberteil aus Spitze, an dem ein hübscher, knöchellanger Seidenrock angenäht war, der mit einem außergewöhnlichen Zickzack-Saum abgeschlossen war. Sie trug einen reizenden ovalen Hut mit einem kleinen Gesichtsschleier. Wunderschöne weinrote Blumen schmückten die Kirche. Alle freuten sich für Laura und Steve, die ein wunderschönes Paar abgaben. Niemand ahnte etwas von den Zweifeln, mit denen Laura zu kämpfen hatte. Ihre Töchter schienen sich auf ihren neuen Stiefvater zu freuen.

Als Laura langsam durch die Kirche zum Altar schritt und Steve, der bereits am Altar stand, entgegenblickte, konnte sie sich nicht mehr belügen. Sie wusste, dass sie einen Fehler machte. Ihr Brustkorb schnürte sich zusammen und sie konnte kaum atmen. Plötzlich bezweifelte sie, dass sie diesem Mann ihre Liebe „bis dass der Tod uns scheide" versprechen könne. Nicht, weil er kein anständiger Mann war, oder weil sie an seiner Liebe zweifelte, sondern weil sie wusste, dass ihre Liebe für ihn nicht stark genug war. Hatte sie jemals wirklich aufgehört, Diego zu lieben? Während das Schuldgefühl dieser Selbsterkenntnis ihren Brustkorb fast erdrückte, lief sie wie in Trance weiter und hatte nicht den Mut anzuhalten. Alle Anwesenden glaubten an ihre Liebe und man konnte in jedem Gesicht große Freude sehen. Sie nahmen alle an, dass sich das Paar diese wichtige Entscheidung lang und gründlich überlegt hatte. Sicherlich würde Lauras Liebe mit der Zeit wachsen und ausreichend werden. Sicherlich könnte sie lernen, diesen guten Mann zu lieben. Sie konnte jetzt nicht umdrehen und ihn und alle Anwesenden enttäuschen. Bestimmt spürte sie nur das, was man „Kalte Füße bekommen" nannte.

Die Zeremonie ging weiter und sie wurde Mrs. Steve Fisher. Sie verbrachten ihre Flitterwochen in Orlando in Florida. Von Anfang an fühlte sich Laura in der Gesellschaft ihres neuen Ehemannes nicht wohl. Steve hatte sie schon in mehreren Situationen dadurch verlegen gemacht, dass er in seiner neuen Rolle als Ehemann sehr dominierend war. Sobald sie im Hotel ankamen, verließ sie das Zimmer, um stundenlang spazieren zu gehen. Während dieses Spaziergangs weinte sie und wünschte sich, sofort zurückkehren zu können und alles ungeschehen zu machen. Aber nun war sie verpflichtet – bis, dass der Tod sie scheide. Also würde sie das Beste aus ihrem Versprechen machen und versuchen, ihren neuen Ehemann lieben zu lernen.

Ihr Leben ging weiter und sie beteiligten sich sehr an den Veranstaltungen in der örtlichen Baptisten-Kirche. Ihre Töchter gingen gerne in die Kinderkirche, weil es dort immer viele Aktivitäten für Kinder gab. Steve wurde bald gebeten, die Sonntagsschule für Erwachsene zu unterrichten und das Ehepaar erlangte das Ansehen einer reizenden christlichen Familie. Laura kämpfte noch immer damit, welchen schwierigen Charakter ihr neuer Ehemann oft zeigte. Bald vermutete sie, er habe die seelische Krankheit „Manische Depression". Er lebte das Leben eines frommen Christen, war aber völlig ahnungslos und blind, wie sehr seine Frau neben ihm litt. Er hatte häufige Stimmungsschwankungen und wenn er depressiv war, verursachte er Laura großen Stress, bis er wieder mit seinem Leben zufrieden war. Dabei zog er Laura mit sich in die Tiefe. Wenn er beschwingt war, wurde Laura oft verärgert und manchmal sogar verlegen, wegen seines peinlichen euphorischen Verhaltens in der Öffentlichkeit. Dann wurde er ziemlich ungezügelt und benahm sich fast wie ein Teenager.

Er schien weder eine emotionale Verbindung zu seiner Frau zu haben noch sich irgendwelcher Fehler bewusst zu sein. Diskussionen oder Streit endeten nie mit befriedigenden Lösungen, weil er alles nur spirituell mit Bibelversen lösen wollten, aber unfähig war, Laura auf menschlicher Ebene zu verstehen.

Weil sie verzweifelt versuchte, eine treue christliche Ehefrau zu sein, betete sie mit aufrichtigem Herzen, dass Gott ihre Ehe heilen und dass ihre Liebe wachsen würde, wie sie es schon am Altar gehofft hatte. Sie glaubte, dass er es zumindest verdiente, von seiner Frau geliebt zu werden. Sie lernte alle Bibelverse auswendig, die einer frommen Frau versprachen, eine gute Ehe zu erlangen und bat Gott, sie wahr zu machen. Wenn sie mit Steve darüber sprechen wollte, wie unglücklich sie war, gab er stets denselben Rat: „Lass uns zum Pfarrer gehen. Ich bin dazu verpflichtet, nicht aufzugeben. Es gibt keine Alternative."

Sie überredete ihn, zu einem Eheberater zu gehen; natürlich nur einem, der von der Kirche genehmigt wurde. Die Therapeutin war eine nette Frau und zeigte Mitgefühl, als Laura ihr Herz über ihre unglückliche Ehe ausschüttete. Sie konnte einige der Probleme nachvollziehen, die Lauras Ehe erschwert hatten und bot ihre Hilfe an, indem sie dem Ehepaar Hausaufgaben erteilte. Eifrig füllte Laura die Aufgaben aus, die sie erhalten hatten, und kaufte das Selbsthilfebuch, welches beiden zum Lesen vorgeschlagen wurde. Steve fand für beides keine Zeit. Er brachte meistens die leeren Seiten der Hausaufgaben zum nächsten Termin und las auch das Buch nicht. Einige Male saß er während ihres Beratungstermins ein paar Minuten da und hörte der Therapeutin zu, bis er dann auf dem Stuhl einschlief. Laura war entmutigt und schämte sich für ihren Mann. Bald informierte die Eheberaterin Steve, dass ihre Beratung ihm offensichtlich nicht half, weil er wiederholt einschlief und nie seine Aufgaben ausfüllte. Er verließ sich anscheinend lieber darauf, dass Gott seine Hausaufgaben für ihn mache und sah seine einzige Aufgabe darin, zu beten. Sie gingen nicht weiter zur Eheberatung. Immer, wenn sie heftig gestritten hatten, war Laura besonders unglücklich wegen der fehlenden emotionalen Verbindung zwischen ihnen. Steve schien traurig, wenn er die Verzweiflung seiner Frau sah, konnte aber keine angemessene Lösung finden. Viele Male versuchten sie ihre Romanze durch Seminare, Ehelehrgänge und schöne Wochenenden wiederzubeleben. Laura wurde dem Ganzen aber langsam überdrüssig.

Im August 1989 war Laura wieder schwanger. Steve war überglücklich. Obwohl er seine Stieftöchter sehr mochte und ihnen ein guter Stiefvater war, freute er sich riesig, nochmal ein eigenes Kind zu bekommen. Er hatte seine älteste Tochter schon seit 12 Jahren nicht mehr gesehen. Laura bat Gott, dass dieses Kind ihre Ehe stärken und heilen würde und vor allem die fehlende Verbindung zwischen ihr und Steve herstellen solle.

Abby

Ihre Geburtshelferin Susan erklärte Laura „So, deine letzte Tochter kam im Auto zur Welt und ich konnte sie daher nicht auf die Welt bringen. Dieses Mal werden wir das nicht riskieren, also werde ich deine Wehen eine Woche vor deinem Termin einleiten, dass uns so etwas nicht wieder passiert." Laura verstand dieses Argument und lachte. Diese gute Freundin hatte Laura ihr eigenes Hochzeitskleid geliehen und war Trauzeugin bei ihrer Hochzeit mit Steve gewesen. Susan freute sich nun, dass ihre Freundin ein Kind erwartete und auch darauf, es entbinden zu dürfen.

Die Einleitung war für den 25. April um sieben Uhr geplant. Am Abend zuvor lag Laura in ihrem Bett und streichelte ihren großen runden Bauch. Sie sprach mit ihrem ungeborenen Kind und erzählte ihm, dass morgen „sein" Geburtstag sein werde. „Ich freue mich so sehr, dich morgen kennenzulernen" sagte sie liebevoll zu ihm. „Ruhe dich heute Nacht gut aus, denn morgen wird ein großer Tag. Du musst kräftig und gut ausgeruht sein."

Nachdem sie bereits drei Töchter zur Welt gebracht hatte, war sie sich sicher, dass es dieses Mal ein Sohn werden würde. Ihre ganze Schwangerschaft war völlig anders als die bisherigen verlaufen. Ihre Übelkeit war gnadenlos gewesen. Wochenlang war es ihr übel; sie hatte viel Himbeer-Tee getrunken, Alfalfa-Sprossen gegessen und andere homöopathische Heilmittel zu sich genommen. Sie hatte auch viel mehr zugenommen als in ihren früheren Schwangerschaften. Das Kind war außerdem viel lebhafter. Ganz bestimmt wartete ein kleiner Fußballspieler darauf, morgen die Welt zu erblicken!

Um 2 Uhr 33 wurde Laura durch einen plötzlichen und sehr heftigen Krampf wach, dem ein heftiger Erguss von Wasser folgte. Ihre Fruchtblase war geplatzt. Sie blieb zunächst ruhig liegen, um zu warten, ob die Wehen kommen würden. Ein paar Minuten später begannen diese auch. „Vergessen wir die geplante Einleitung", dachte sie. Das Kind kam nach seinem eigenen Plan. War dies schon eine Vorschau auf die Individualität dieses Kindes? Sie weckte Steve. Er schoss regelrecht aus dem Bett und rannte ziellos im Zimmer herum. „Was müssen wir jetzt tun?" fragte er, als er Laura verwirrt anschaute.

„Nun, ich denke wir sollten schnell meinen Koffer nehmen und ins Krankenhaus fahren, damit es nicht wieder so passiert wie mit Diana" antwortete Laura.

Steve zog sich schnell an, half dann seiner Frau auch dabei, schnappte den Koffer und schon waren sie auf dem Weg ins Deaconess-Krankenhaus, welches etwa 30 km entfernt war. Steve fuhr 115 km/h; einiges über der Geschwindigkeitsbegrenzung. Laura lag auf dem Rücksitz und die Wehen waren schon in vollem Gange. Plötzlich bemerkte Steve ein Polizeiauto, welches ihnen unmittelbar folgte. Steve schaltete seine Warnblinkanlage an und begann noch schneller zu fahren. Er hatte nicht vor anzuhalten, um dem Polizisten zu erklären, warum er schneller als die erlaubte Geschwindigkeit fuhr. Wenn Laura Wehen hatte, war es eine schlechte Sache, im Verkehr aufgehalten zu werden, das wusste er. Das Polizeiauto folgte ihm weiterhin, schaltete selbst sein Blaulicht an, und begleitete Steve und Lauras Auto, bis sie bei der Notaufnahme anhielten. Der Polizist kam Steve entgegen, der sofort aus seinem Auto gesprungen war „Meine Frau bekommt ihr Kind, Herr Polizeibeamter", erklärte er diesem sofort, „und ihr letztes Kind kam im Auto zur Welt, also haben wir nicht viel Zeit".

Der Polizist lachte und sah die schwangere Laura auf dem Rücksitz, die jetzt schon sehr unbehaglich wirkte. Dann erwiderte er „Kein Problem, Sir. Ich dachte mir, dass bei ihnen etwas sehr Wichtiges vorgeht. Herzlichen Glückwunsch! Ich werde Sie nicht länger aufhalten!"

Steve brachte Laura schnell in einem bereitstehenden Rollstuhl zur Notaufnahme, dessen Personal sie sofort in den Kreißsaal weitertransportierte.

Abby Liese kam um 5 Uhr 22 auf die Welt. Mit 3660 Gramm war sie tatsächlich Lauras größtes Baby, aber definitiv nicht der Fußballspieler, auf den Laura sich vorbereitet hatte. Als Susan das Baby hoch in die Luft hielt und das Geschlecht bekannt gab, brach Laura vor lauter Unglauben in Tränen aus. Sie war sich so sicher gewesen, dass sie einen Jungen auf die Welt bringen würde! Wie konnte das sein? Ihr innigster

Wunsch, einen Sohn nach ihrem Papa zu nennen, würde nie Realität werden. Während der letzten neun Monate hatte sie schon gelernt, dieses Kind zu lieben. Nun war sie endlich da und was ihre Geburt betraf, war sie jetzt schon einzigartig. Wie schön sie war mit ihren großen blauen Augen und hellem irischem Teint, genau wie der ihres Vaters. Steve hatte seine ältere Tochter aufgeben müssen, als sie von ihrem Stiefvater adoptiert wurde. Vielleicht war Abby Gottes Geschenk an Steve, so dass er noch einmal den Segen erleben dürfe, eine Tochter zu haben. Als Laura die Freude in Steves Augen sah, während er seine Tochter zum ersten Mal im Arm hielt, vergaß sie vollkommen, dass sie sich jemals einen Sohn gewünscht hatte. Tränen rollten über sein Gesicht, als er zu Laura sagte: „Bitte verspreche mir, dass du sie mir nie wegnimmst."

Mit aufrichtigem Herzen versprach sie es ihm in diesem Moment und hielt auch dieses Versprechen für immer. Sie wusste, ihre Welt voller Töchter war in Ordnung; und wie sie es schon vor Abbys Geburt vermutet hatte, war sie wahrhaftig ein einzigartiges Kind.

Ein paar Jahre waren vergangen und der Kampf zwischen Laura und Steve setzte sich fort. Sie hatte gehofft, das Kind würde eine Bindung zwischen ihnen erschaffen, aber die einzige offensichtliche Bindung war jene zwischen Abby und dem Rest ihrer Familie. Ihre Schwestern liebten ihre jüngste Schwester über alles und sie wurde regelrecht die „Prinzessin" der Familie. Noch als sie sehr jung war, machte sich ihr starker Wille bemerkbar und ihre Eltern wurden von der unglaublichen Energie des Kindes stets herausgefordert. Leider fühlte Laura sich in ihrer Ehe trotz ihres gemeinsamen Kindes zunehmend unbefriedigt, was dazu führte, dass sie langsam an ihrem Glauben zu zweifeln begann.

Nach sieben Jahren, in denen sie nie aufhörte, darauf zu warten und darum zu beten, dass sich ihr Herz wirklich ihrem Mann zuneigen würde, beschloss Laura, ihre Ehe zu beenden. Steve war am Boden zerstört. Er befürchtete nun, diese Tochter auch zu verlieren, wie schon einmal zuvor. Er hatte selbst nie aufgegeben zu glauben, dass Gott ihre Ehe in Ordnung bringen würde. Laura erinnerte sich an den Tag, an dem Abby geboren wurde und an das Versprechen, welches sie Steve damals gab. Sie bat Steve, ihr dafür zu verzeihen, ihre Ehe aufzugeben, aber versicherte ihm, sie würde ihr Versprechen von damals immer und ewig halten. Und das tat sie auch.

Steve genoss sein ganzes Leben die wunderschöne und sehr enge Beziehung zu seiner geliebten Tochter. Und obwohl Abby manchmal durch den Gedanken traurig wurde, dass die Liebe ihrer Eltern nicht durchgehalten hatte, wusste sie trotzdem ohne Zweifel, dass das eine, was ihre Eltern immer gemeinsam haben würden, die Liebe für sie sei.

Aus dieser gemeinsamen Liebe heraus entwickelte sich Abby zu einer wunderhübschen, intelligenten Frau, deren besondere Eigenschaften es waren, ein

großzügiges Herz zu besitzen, ein Friedensstifter zu
sein und eine besondere Barmherzigkeit für behin-
derte Kinder und Tiere zu haben. Im Gegensatz zu
ihrer willensstarken Kindheit wurde sie die flexi-
belste, zuvorkommendste und rücksichtsvollste erwachsene Frau. Jeder, der sie kannte, mochte sie.

Nick

Nachdem Laura und Steve geschieden waren, musste das Haus verkauft werden, das sie ein paar Jahre zuvor gemeinsam gekauft hatten. Laura zog mit ihren drei jüngeren Töchtern in ein Reihenhaus in den Ort, in dem sie auch arbeitete. Bella entschied sich, bei Diego zu wohnen, der vor ein paar Jahren wieder geheiratet hatte. Laura war ziemlich entmutigt, weil sie nun schon zwei gebrochene Ehen hinter sich hatte und es war ihr so langsam leid, in Oklahoma zu wohnen. Sie lebte jetzt seit neunzehn Jahren dort, fühlte sich aber immer noch nicht wirklich zu Hause. Da sie überhaupt keine Familie in der Nähe hatte, bekam sie immer stärkeres Heimweh. Sie hatte vergeblich versucht, sich an das unbarmherzige Wetter zu gewöhnen und auch an die Menschen und ihre Süd-Staaten-Mentalität; aber sie waren eben so anders als Laura. Sie fühlte sich fehl am Platz. Wie könnte sie nur wieder nach Deutschland zurückkehren? Was wäre mit ihren Kindern? Ihre Väter würden ihr niemals erlauben, sie mitzunehmen, aber sie würde sie auch nicht hierlassen wollen. Es war so schwierig, solch ein geteiltes Herz zu haben! Dann hatte sie eine Idee: Sie würde sich beim Militär verpflichten - der US Luftwaffe – und eine Flugsanitäterin werden. Als weiblicher Offizier und medizinisches Personal würde sie nie in eine Kriegszone geschickt werden. Sie würde dann die Möglichkeit haben, sogenannte „Military hops" in Anspruch zu neh-

men, um fast kostenlos nach Europa fliegen zu können und ihre Familie öfter zu sehen. Außerdem hätte
sie auch viel bessere Sozialleistungen als in der zivi-
len Welt und könnte längere Urlaube in Deutschland
machen. Aber sie würde Offizier werden müssen.
Eine Voraussetzung dafür ist die US-Staatsangehörigkeit. Sie sah keine Möglichkeit, jemals wieder dau-
erhaft nach Deutschland zurückzukehren, jedenfalls
nicht, solange ihre Kinder noch jung waren. Also war
dies die einzige Lösung, obwohl sie einen Kompro-
miss darstellte. Im Sommer des Jahres 1995 stellte sie
ihren Antrag zur Einbürgerung als amerikanische
Staatsbürgerin.

Ihre Tochter Abby, die nun fünf Jahre alt war, fand
bald eine Freundin in ihrer neuen Nachbarschaft. Sie
hieß Lilly. Die gleichaltrigen Mädchen spielten stundenlang bei Abby zu Hause und wurden beste
Freunde. Ab und zu wollte Laura die kleine Lilly zum
Abendessen einladen und gab ihr den Auftrag, ihre
Eltern um Erlaubnis zu bitten. Immer kam sie
schnellst möglich zurück und sagte „Papa sagt, es sei
okay."

Ihre Eltern waren wohl sehr nachgiebig, oder vielleicht waren sie sogar dankbar, dass ihre Tochter ein
warmes Essen bekommen würde. Laura hatte das
Gefühl, es gäbe bei Lilly zuhause keine geregelten
Mahlzeiten. Eines Tages war Laura neugierig herauszufinden, warum Lilly nie von ihrer Mutter sprach
und fragte sie „Wo ist denn deine Mama?"

Lilly antwortete ganz selbstverständlich „Sie ist weggegangen.“

Laura schloss daraus, dass sie wohl meinte, ihre Mutter sei zur Arbeit gegangen. Ihre Tochter Rachel hatte Lillys Vater schon kennengelernt, als sie im Hof Baseball mit ihm und seinen Söhnen gespielt hatte. Als Laura von Lilly erzählte, empfahl Rachel ihrer Mutter, ihn auf jeden Fall kennenzulernen, denn er sei sehr nett. Eines Tages war Laura mit Abby im Pool ihrer Wohnsiedlung, als sie Lilly entdeckte, die mit zwei Jungen und einem sehr gut aussehenden Mann im Wasser spielte. Sie hatte sein Alter jünger als ihr eigenes geschätzt und angenommen, dass er ein Onkel dieser Kinder sei und die Jungs wahrscheinlich die Brüder von Lilly seien. Jedenfalls war er zu jung, um dreifacher Vater zu sein, überlegte sie. Sie ging zu ihm und stellte sich ihm als die Mutter von Abby vor. Er lachte und sagte „Oh ja, Lilly hat mir schon sehr viel von Ihnen erzählt. Sie fühlt sich anscheinend schon ganz wohl bei Ihnen zu Hause. Es ist schön Sie kennenzulernen. Ich bin Nick, ihr Vater. Und das sind ihre Brüder, Victor und Teddy.“

Laura hatte sich geirrt, er war nicht nur gutaussehend, sondern tatsächlich auch ein Vater von drei Kindern! Sie fragte weiter, wie lange Nick und seine Frau schon in der Wohnsiedlung wohnten, worauf Nick antwortete „Ich bin alleinerziehender Vater. Meine Frau hat mich vor drei Monaten verlassen. Nun versuche ich, Vater zu sein und gleichzeitig mein Bachelor-Studium zu vollenden. Ich werde demnächst mein Aufnahme-Examen machen, um Medizin zu studieren. Wir wohnen seit ungefähr einem Jahr hier."

Laura war schockiert. Dieser arme Mann! Wurde mit drei Kindern sitzen gelassen. Was für eine Mutter würde so etwas tun? Sie bemerkte seinen muskulösen Körper, sein schwarzes Haar, seine braunen Augen und perfekte weiße Zähne, wenn er lachte. Er war groß und sehr attraktiv. Nachdem sie sich näher kennen lernten, in dem sie sich ein paar Mal in der Wohnsiedlung trafen, lud sie ihn und seine Kinder eines Abends zum Essen ein. Auf dem Menü stand das Lieblingsessen aller Kinder: Spaghetti. Nick nahm dankend an.

Laura war entsetzt, als sie alle zu Tisch kamen. Seine Kinder waren vollkommen schlecht erzogen und laut. Obwohl sie zuvor draußen gespielt hatten, wusch sich niemand die Hände. Sie hatten überhaupt keine Tischmanieren. Sogar der Älteste, der schon acht Jahre alt war, aß mehr mit seinen Fingern als mit seiner Gabel. Lilly, die sich zuvor beim Essen ganz manierlich verhalten hatte, kletterte nun regelrecht auf den Tisch, um sich Knoblauch-Toast zu holen. Es wurde ihnen anscheinend nie beigebracht, wie man sich am Tisch benimmt. Fast alle wollten eine zweite Portion, ließen dann aber das Meiste liegen, sprangen einfach auf und verließen den Tisch, ohne zu fragen. Laura war sprachlos. Sie hatte ein solches Chaos am Tisch noch nicht erlebt. Der arme Mann war offensichtlich völlig überfordert und hatte seine Kinder überhaupt nicht im Griff. Er tat ihr leid. Schließlich war seine Geschichte sehr traurig: Seine Frau hatte ihn und die Kinder unerwartet mitten in der Nacht verlassen. Er und seine Kinder seien aufgewacht und die Mutter war plötzlich weg. Er war gar nicht auf diesen Job als alleinerziehender Vater vorbereitet. Der arme dreijährige Teddy weinte fast ständig. Er kam Laura so verloren vor. Sie beschloss, sich mit Nick zu befreunden und ihm auch ein wenig mit seinen Kindern zu helfen.

Zuerst wurden sie gute Freunde, aber letztendlich verliebten sie sich ineinander. Nick studierte, um Arzt zu werden und Laura war Krankenpflegerin, also hatten sie viel gemeinsam. Sie fuhren mit ihren Kindern in den Urlaub und erlebten viele schöne Zeiten, während denen ihre Familien eine immer tiefer werdende Verbindung aufbauten. Ihre Kinder betrachteten sich als Geschwister. Mit sieben Kindern in ihrer „Patchwork Family" schufen sie viele denkwürdige Erinnerungen und es war ihnen nie langweilig. Laura war wieder glücklich und dieses Mal zutiefst verliebt. Nick hatte in Laura jemanden gefunden, auf den er sich verlassen konnte und seine Kinder hatten wieder eine Mutterfigur. Nach einer Weile beschlossen sie, ihre Haushalte zusammenzulegen, um Miete zu sparen. Obwohl sie eine liebevolle Beziehung hatten und irgendwann vom Heiraten sprachen, war es trotz allem eine Herausforderung, ihre Leben komplett zu vereinen. Es gab große Unterschiede in ihren Ansichten angesichts ihrer verschiedenen Kulturen und ihrer eigenen Erziehung, besonders dann, wenn es um die Erziehung der Kinder ging, was sich noch viele Jahre später als ein großes Problem zeigen sollte. Dennoch wollten sie versuchen, dies zu bewältigen, denn Laura wusste: wenn sie Nick wollte, musste sie das ganze Paket annehmen. Und sie liebte ihn.

Im Frühjahr 1996 erhielt Laura die Nachricht, dass ihre Einbürgerung am 26. April stattfinden würde. In einer emotionalen Zeremonie zur Annahme der US-Staatsangehörigkeit und der Aufhebung ihrer deutschen Staatsangehörigkeit nahm sie stolz das Dokument entgegen, das der Präsident Bill Clinton unterschrieben hatte. Sie war nun eine Amerikanerin. Nach neunzehn Jahren in den Staaten und keiner Aussicht, wieder nach Deutschland zurück zu kehren, beschloss sie jetzt endlich Amerika zur ihrer Heimat zu machen. Ihr ursprünglicher Plan, Flugsanitäterin zu werden, hatte nun keine Bedeutung mehr. Wenn sie damals nur gewusst hätte, wie zerrissen ihr Herz trotzdem immer bleiben würde!

Ihre Kolleginnen gaben eine Party mit Hotdogs, Hamburgers, Apple-Pies und Eiscreme, um die neue Amerikanerin zu feiern. Laura war wieder einmal glücklich.

Im September 1996 kamen ihr Bruder Michael und seine Freundin Beatrice zu Besuch, um Urlaub in den USA zu machen. Sie mieteten ein Wohnmobil und tourten quer durch die Staaten, beginnend von der Westküste, und kamen auch nach Oklahoma. Laura freute sich so sehr. Sie hatte schon seit einiger Zeit

Kontakt zu ihrem Bruder aufgenommen und langsam eine immer inniger werdende Beziehung zu ihm aufgebaut. Ihre gemeinsame Mutter zeigte noch immer kein Interesse an Laura und hielt sich weiterhin fern. Sie hatte Michael nie darin unterstützt, mit seiner Schwester in Kontakt zu treten, so lange er noch zu Hause wohnte. Nachdem er erwachsen war und nicht mehr bei seiner Mutter wohnte, interessierte er sich für seine Schwester und freute sich darauf, sie nun besser kennenzulernen. Er war gerade acht Jahre alt gewesen, als Laura nach Amerika gegangen war. Nick und Michael kamen sehr gut miteinander zurecht. Kurz bevor Michael und Beatrice wieder nach Deutschland flogen, überraschte Nick ihn damit, seinen Segen für eine Ehe mit Laura zu erbitten. Er kniete sich nieder und bat Laura, seine Frau zu werden. Alle Anwesenden waren berührt und glücklich, auch ihre Kinder. Und Michael erteilte ihm seinen Segen.

Im Sommer 1997 wurde Nick vom California College of Podiatric Medicine aufgenommen, um im Herbst dort sein Medizinstudium anzufangen. Sie würden nach San Francisco ziehen! Laura war überglücklich nach Kalifornien umzusiedeln. Endlich konnte sie Oklahoma hinter sich lassen! Voller Hoffnung und Erwartung freute sich Laura auf ihr neues Leben. Ihre Hochzeit sollte auf der Ranch von Nicks Großeltern in Colorado stattfinden. Ihre Hochzeitsreise planten sie mit ihrem Bruder Michael und dessen Freundin Beatrice. Zusammen würden sie nach der Hochzeit nach Deutschland fliegen und von dort nach Italien fahren. Lauras Kinder blieben in dieser Zeit bei ihren Vätern und Nicks Kinder bei seiner Familie in Süd-Kalifornien. Nach der Hochzeitsreise planten Nick und Laura nach Oklahoma zurückzufliegen, ihren eingelagerten Haushalt mit einem Umzugswagen sowie Lauras Kinder abzuholen, um dann nach Kalifornien zu fahren. Laura bekam eine Arbeitsstelle in einer chirurgischen Ambulanz in einem Vorort der San Francisco East Bay.

Im Juni brachten sie ihren kompletten Haushalt in einer Lagerstätte unter und verließen Oklahoma, um in Colorado zu heiraten. Laura war überglücklich, an die Westküste zu ziehen. Michael und Beatrice kamen extra noch einmal in die USA, nur um Trauzeugen bei Lauras und Nicks Hochzeit zu sein. Der fünfjährige Teddy war Ringträger während Abby und Lilly, beide sieben, reizende Blumenmädchen ergaben. Michael begleitete seine Schwester zum Altar und küsste sie, bevor er sie an ihren zukünftigen Mann übergab. Als Nick die Worte des Standesbeamten sorgsam wiederholte, liefen Laura Tränen über das Gesicht. Nick trocknete diese liebevoll mit einem Lächeln, während er weitersprach. Er war sehr berührt von ihren starken Emotionen. Es war eine einfache, jedoch herzliche Zeremonie. Wie anders fühlte es sich an, jemanden zu heiraten, in den man so verliebt war, dachte sich Laura, als Nick sie leidenschaftlich küsste.

Im Herbst fing Nick sein Studium an. Laura arbeitete Vollzeit und versorgte fünf ihrer sieben Kinder und den Haushalt. Lauras älteste Tochter Bella und ihre Schwester Diana hatten sich entschlossen, in Oklahoma zu bleiben und lebten bei ihrem Vater.

Dieser neue Lebensabschnitt brachte heftige Herausforderungen. Der Stress, dem Nick im Studium ausgesetzt war, machte alles nur noch schwieriger. Laura trug maßgeblich die Verantwortung für ihre große Familie, während Nick sich auf sein Studium konzentrierte. Ihr Leben hatte Höhen und Tiefen. In Kalifornien zu leben war wie ein Traum für Laura und als Familie genossen sie viele schöne Reisen und Urlaube. Was sie allerdings nicht gut meisterten, war Einheit zwischen ihren Familien zu schaffen. Nicks Kinder litten noch sehr darunter, von ihrer Mutter verlassen worden zu sein. Sie schienen Laura unterbewusst fast zu hassen, weil sie den Platz ihrer Mutter eingenommen hatte und so anders war als sie. Sie brachten ihr nie den Respekt und die Anerkennung eines Elternteiles entgegen, obwohl sie die Einzige war, die für sie sorgte und für sie da war, da Nick die ersten vier Jahre kein Einkommen und selten Zeit für seine Kinder hatte. Es gelang den Kindern, viele Konflikte zu verursachen, was einen Schatten auf ihre Ehe warf. Nick vernachlässigte eine sehr wichtige Aufgabe: Seiner Frau zur Seite zu stehen. Nach vier Jahren schien es fast so, als wäre ein Keil zwischen seine und ihre Kinder getrieben worden. Bald würde Nick seinen Schulabschluss machen und sich für eine Stelle als Assistenzarzt im ganzen Land bewerben. Laura war stolz, dass er es geschafft hatte, und war sich sicher, dass sich all ihre schwere Arbeit und Aufopferung nun bald auszahlen würde. Immer wieder versuchte sie, auch mit seinen Kindern Frieden zu schließen.

Im April 2001 entstand wieder einmal ein ernster Konflikt zwischen Laura und Nicks Tochter Lilly. Schon als kleines Kind war sie durch notorisches Lügen aufgefallen. Man vermutete, dass es eine Folge davon war, von ihrer Mutter als Fünfjährige im Stich gelassen worden zu sein. Dies ist oft ein Indiz für die Krankheit „bipolare Persönlichkeitsstörung". Lilly wurde Jahre später entsprechend diagnostiziert. Eine weitere Verhaltensweise, die ihre Familienmitglieder und sogar ihre engsten und besten Freunde betraf, war Kleptomanie. Am meisten hatte Abby darunter zu leiden, weil die beiden Mädchen praktisch jeden Aspekt ihres Lebens miteinander teilten. Für Laura war es sehr schwierig, mit Lillys seelischem Zustand umzugehen, wohingegen Nick einfach alles verleugnete. Dadurch hatte Lilly viel Macht über ihren Vater und konnte ihn leicht manipulieren. Als es dieses Mal zu einem solchen Konflikt kam, fühlte sich Lilly, wie schon oft zuvor, von ihrer Stiefmutter in eine Ecke getrieben, weil sie sich in ein Netz von Lügen verstrickt hatte. Lilly reagierte so, wie sie in dieser Situation immer reagierte: Sie hatte einen emotionalen Zusammenbruch, indem sie sich durch Ritzen selbst verletzte. Dadurch schwenke der Fokus von ihrer eigentlichen Tat auf Laura. So wie Nick es sah, war Lilly das Opfer der bösen Stiefmutter, die, wie er es nannte, auf

„Hexenjagd" war. Laura wurde dadurch völlig wehrlos; sie verlor jegliche Autorität als Elternteil. Es herrschte keine Einheit zwischen ihren Familien. An diesem Tag im April stellte sich Nick, wie gewöhnlich, auf die Seite seiner Tochter und beschimpfte und beschuldigte Laura, bis sie bitterlich weinte. Sie hörte nur die letzten Worte aus dem Schwall von Worten, der aus dem Mund ihres Mannes kam, und diese zerstörten sie: „Du bist immer so streng, kritisch und gehässig und alle in diesem Haus hassen dich, sogar deine eigenen Kinder! Niemand will dich hier! Sie wünschen sich alle, dass du weggehst!"

Sie war maßlos gekränkt. War sie wirklich dieses Monster? War sie in ihrem eigenen Haus ungewollt? Sie konnte nur eines denken: „Oh mein Gott, ich bin wie meine Mutter!"

All die Jahre hatte sie mit Nicks Kindern gekämpft, vor allem mit Lilly. Hatten jetzt alle begonnen, sie zu hassen? Sie ging ins Bad, schaute mit roten geschwollenen Augen in den Spiegel und wurde traurig, als sie sich als das Monster sah, das Nick beschrieben hatte. Sie sah ihre Mutter im Spiegel und hasste sich selbst. Dann dachte sie an das Antiallergikum, das sie gegen ihren Heuschnupfen nahm. Vielleicht würde es sie ein wenig betäuben und empfindungslos machen, sodass sie die Schmerzen dieser Realität nicht mehr spüren würde. Sie nahm mehrere Tabletten. Im selben Moment kam Nick ins Bad. Sofort wurde er argwöhnisch, was sie wohl gerade getan hatte. „Was hast du getan?" fragte er.

„Ihr braucht mich nicht mehr zu hassen. Ich werde verschwinden, wenn ihr das wollt" antwortete sie.

Er interpretierte es so, als ob sie damit drohte, sich umzubringen. Er rief sofort einen Rettungswagen. Laura war emotional völlig gelähmt, als der Krankenwagen eintraf; aber eher von einem gebrochenen Herzen als von den Tabletten. Ihre Augen hatten einen leeren, glanzlosen Ausdruck und ihr Körper fühlte sich wie eine leere Hülle an. Immer mal wieder rollte ihr eine Träne über die Wange, während sie in die Leere starrte. Sie antwortete kaum auf die Fragen der Sanitäter, die sie ins Krankenhaus transportierten, wo ihr Magen sofort ausgepumpt wurde, bevor die Tabletten ihre Wirkung entfalten konnten. Sie wurde stationär aufgenommen, wie es bei Verdacht auf Suizidversuch vorgeschrieben war. Sie konnte niemanden davon überzeugen, dass sie nicht versucht hatte, sich umzubringen. Am nächsten Morgen kam ein Psychiater, der feststellte, dass sie lediglich unter heftigen Depressionen litt und nicht sterben wollte, sondern nur versuchte, ihre Emotionen zu betäuben. Er verschrieb ihr Psychotherapie und Medikamente für ihre Behandlung und entließ sie aus dem Krankenhaus.

Als sie zu Hause ankam, wurde sie liebevoll von allen Kindern empfangen, sogar von Nicks Kindern. Sie waren durch die Ereignisse vor zwei Tagen ziemlich erschüttert. Auch Nick behandelte sie nett und liebevoll und entschuldigte sich für die schlimmen Sachen, die er am Tag zuvor gesagt hatte. Es schien, als ob er mit allen Kindern ein Gespräch geführt hatte und alle zeigten ihr Mitgefühl und versuchten dafür zu sorgen, dass sie sich wieder zuhause wohl fühlte. Sie musste sich selbst nur zwei Dinge beweisen: Sie ist nicht wie ihre Mutter und sie kann die Zuneigung ihrer Familie wiedergewinnen. Mit Hilfe von Antidepressiva und Psychotherapie kehrte wieder Normalität, ja sogar Harmonie, in ihr Leben zurück. Ihre Beziehung mit Nick blühte durch ihre gegenseitige Liebe wieder auf und die Konflikte zwischen Laura und seinen Kindern hielten sich für einige Zeit in Grenzen.

Als Nick sein Studium im Sommer 2001 vollendet hatte, erhielt er eine Stelle in Philadelphia, um dort seine Assistenzzeit in Fußorthopädie zu absolvieren. Ihr Plan war, das Haus zu verkaufen, welches sie drei Jahre zuvor gekauft hatten. Nick würde im Juli seine Arztstelle antreten und Laura in Kalifornien bleiben, bis ihr Haus verkauft sei. Laura würde ihm dann spätestens am Ende des Jahres in die Wohnung in Philadelphia folgen, für die sie bereits eine Kaution bezahlt hatten. Wegen der vielen Probleme, die es zwischen Laura und Nicks Kindern früher gegeben hatte, hatte er es arrangiert, sie zu ihrer Großmutter in Oklahoma zu schicken, während er die Zeit mit Laura in Philadelphia verbringen würde. Sie freuten sich auf ein wenig Tapetenwechsel und glaubten, die Pause von den Kindern würde allen guttun. Abby lebte nun schon vier Jahre lang weit von ihrem Vater Steve entfernt, was für ihn ein großes Opfer war. Sie hatte ihren Vater in all ihren Schulferien in Texas besucht, wo er jetzt wohnte, seitdem er wiederverheiratet war. Wegen des Versprechens, welches Laura bei Abbys Geburt Steve gegeben hatte, stand sie der Beziehung mit seiner Tochter nie im Wege. Ausnahmslos rief er sie jede Woche zu einer ausgemachten Zeit an. Laura beschloss, Abby auf unbestimmte Zeit zu ihrem Vater ziehen zu lassen. Sie wusste, dass es gut für das Mädchen sein würde, eine Zeit lang ein Einzelkind zu sein, da Lilly die ganzen Jahre so viel Aufmerksamkeit auf sich zog, auch wenn diese meist negativ war. Ähnlich fühlte Laura sich hinsichtlich Diana. Ihr würde es ebenso guttun, eine Weile bei ihrem Vater zu sein, nachdem sie die letzten Jahre ebenso viele Krisen mitgemacht hatte. Auf qualvolle Weise wurde Laura jetzt bewusst, wie sehr ihre Kinder unter ihrer Entscheidung mit Nick zu leben, zu leiden hatten. Aus Reue, dass sie wegen ihr so viel mitmachen mussten, wusste sie nur diesen Ausweg, um es wieder ein wenig gut zu machen. Obwohl es ihr schien, als ob ihre Familie in viele verschiedene Richtungen zerstreut wurde, hoffte sie mit ganzem Herzen, dass sie und Nick ihre Beziehung wiederaufleben lassen könnten und dachte, es sei auch eine gute Abwechslung für die Kinder.

Der Tag des Umzugs war gekommen. Nick packte seine und die Sachen seiner Kinder in den nagelneuen Minivan, den Laura vor kurzem geleast hatte. Sein Plan war, durch Colorado zu fahren und dort seine Großeltern zu besuchen, in Oklahoma Halt zu machen, um seine Kinder bei der Oma abzuliefern und dann weiter nach Philadelphia zu fahren. Sie verabschiedeten sich alle voneinander und Nick und seine Kinder machten sich auf den Weg.

Laura wartete mehrere Tage darauf, von ihrem Mann zu hören. Sie konnte nicht verstehen, warum er nicht anrief. Als er nach einer Woche immer noch nicht angerufen hatte, machte sie sich Sorgen. Sie versuchte Tag und Nacht sein Handy anzurufen. Er antwortete nie. Sie rief seine Großeltern an, wo er Zwischenhalt machen wollte. Diese sagten Laura, er sei da gewesen, aber schon wieder weitergefahren. Tag und Nacht, trotz mehrerer Zeitzonen, die zwischen Kalifornien und Pennsylvania lagen, rief sie immer wieder an. Nie kam eine Antwort. Schließlich rief sie seine Eltern in Südkalifornien an, die keinerlei Sorge zeigten, sondern beiläufig antworteten „Er ist wahrscheinlich nur mit Fahren beschäftigt."

Sie hatte plötzlich das Gefühl, dass etwas nicht in Ordnung sei und dass seine Familie darüber Bescheid wusste.

Bei seiner Ankunft in Philadelphia sollte Nick die Wohnung übernehmen, für die Laura eine Kaution bezahlt hatte. Als sie die Hausverwaltung anrief, sagte man ihr, er wäre nicht gekommen, um den Mietvertrag zu unterschreiben und daher sei die Kaution von 800 $ verloren gegangen und der Mietvertrag storniert worden. Was machte er? Warum hatte er ihren Plan verworfen? Weiterhin versuchte sie ihn zu finden und erreichte endlich den leitenden Oberarzt der Fachabteilung, wo er in Kürze anfangen sollte. Als dieser antwortete, stellte sie sich vor und fragte, ob er den neuen Assistenzarzt kenne, der soeben angekommen sei. Er sagte, er kenne ihn. Nachdem sie erklärte, dass heute ihr Hochzeitstag sei und sie wolle ihren Mann nur erreichen, weil er schon eine Woche lang ohne Nachricht weg war, spürte sie sein Mitleid. Er bat sie, einen Moment zu warten, bis Nick ans Telefon kam. Sie merkte, wie überrascht er war und wie peinlich es ihm war, gefunden geworden zu sein. Sie fragte ihn voller Enttäuschung und Fassungslosigkeit „Was machst du denn? Warum gehst du nicht an dein Handy und warum bist du nicht in die Wohnung eingezogen, die wir gemietet haben? Was ist überhaupt los?"

Es gab eine kurze Pause, da er offensichtlich nicht auf diese Konfrontation vorbereitet war. Dann sagte er „Das funktioniert einfach nicht mehr mit uns. Ich habe während der Fahrt mit meinen Kindern gesprochen. Sie hassen es, mit dir zu leben. Sie wollen das nicht mehr. Ich musste ihnen versprechen, dass ich dich verlassen werde. Ich will die Scheidung."

Die Worte trafen sie wie ein Schlag ins Gesicht. Wieder schien ihre Welt direkt vor ihren Augen zu zerfallen. Sie fragte „Aber was ist denn passiert? Ich dachte, alles sei okay gewesen als du weggefahren bist! Können wir darüber reden?"

Er antwortete „Nein. Es gibt nichts zu reden. Es ist vorbei."

Die Worte brannten noch in ihren Ohren, dann hörte sie ein „klick" und er war weg.

Von da an antwortete er gar nicht mehr auf ihre Anrufe. Sie ging in ihr Schlafzimmer und weinte ununterbrochen. Hatte sie sich nicht solch große Mühe gegeben, sich zu ändern? Warum hassten ihre Stiefkinder sie so sehr? Sie hatte in den letzten sechs Jahren so viele Opfer gebracht. Sie hatte gearbeitet, während Nick studierte. Sie ernährte ihn und seine Kinder, während er keinerlei Einkommen hatte und auch keinen Unterhalt von deren Mutter bekam, die immer noch als vermisst galt. Jetzt, da er seine Karriere gesichert hatte, brauche er sie wohl nicht mehr. Sie fühlte sich so ausgenützt und verraten!

Nachdem sie mehrere Tage getrauert hatte, wandelte sich ihr Schmerz in Wut und sie fand die Kraft, wieder klar zu denken. Sie würde sofort die Scheidung einreichen. Als sie etwas mit ihrer Kreditkarte kaufen wollte, wurde ihr mitgeteilt, dass diese als verloren gemeldet wurde, dass ihr Konto geschlossen und in Nicks alleinigem Namen wiedereröffnet worden sei. Die Karte wurde mittels Lauras persönlicher Gehaltsinformationen genehmigt, aber nun hatte sie selbst keinen Zugriff mehr darauf. Er benutzte ihre Ehe noch zu seinem finanziellen Vorteil, weil er wusste, dass er zu solchen Handlungen gesetzlich berechtigt war. Panik erfasste sie, als ihr bewusst wurde, dass alle finanziellen Angelegenheiten auf ihrem Namen liefen und sie ausschließlich die verantwortliche Person für alles war. Er hatte die Macht und die Fähigkeit, finanzielle Sabotage zu begehen! Sofort überprüfte sie all ihre Konten und Kreditkarten. Die Auszüge wiesen häufige Barauszahlungen und Kreditkarten-Käufe in Philadelphia auf. Sie musste sich vor dem finanziellen Zusammenbruch schützen. Alles, was ihr jetzt durch den Kopf ging, machte es ihr unmöglich, sich auf ihre Arbeit zu konzentrieren. Sie ließ sich krankschreiben, damit sie sich um diese Dinge kümmern konnte. In dieser Zeit hatte sie auch Termine bei dem Psychiater, den sie schon von früher kannte, um ihren seelischen Zustand zu verbessern. Sie verbrachte Stunden um Stunden und Tage um Tage am Telefon. Sie musste Konten schließen, ihre Gehaltsüberweisung ändern, neue Konten in ihrem alleinigen Namen öffnen, Nicks Name von ihrer Autoversicherung entfernen und vieles mehr. Sie tat all das, um Nick den Zugang zu ihrem Geld zu sperren. Und sie reichte die Scheidung ein.

Nick war zufrieden, als er die Benachrichtigung erhielt, dass Laura die Scheidung eingereicht hatte. Seine finanzielle Lage war jetzt jedoch schlecht und er war darüber sehr verärgert. Laura hatte ihm den Geldhahn zugedreht. Zudem hatte er erfahren, dass er seine Lizenz nicht erhalten hatte, da er durch das Examen gefallen war. Deshalb durfte er seine Assistenzarzt-Ausbildung nicht weiterführen. Lauras Geld war ihm nicht mehr zugänglich und jetzt hatte er nicht einmal mehr eine Arbeitsstelle. Also verließ er Philadelphia und ging zu seinen Kindern nach Oklahoma. Er gab Laura seine neue Adresse, sodass ihm die Scheidungsdokumente zugeschickt werden könnten. Laura hatte aber noch ein letztes Problem: Nick hatte ihren nagelneuen Minivan mitgenommen und benutzte ihn noch immer, aber sie musste die Leasing-Zahlungen leisten. Sie fordere ihn auf, den Wagen zurückzugeben, aber natürlich weigerte er sich. Laura beschloss, die Dinge selbst in die Hand zu nehmen. Sie rief ihre Tochter Rachel an und fragte sie „Was hältst du davon, mit mir nach Oklahoma zu fahren, um meinen Minivan von Nick zurück zu stehlen?"

Rachel war sofort davon begeistert. Sie würde alles tun, um Nick daran zu hindern, ihre Mutter weiterhin auszunutzen! Also reservierten sie ein Auto für eine Einwegmiete nach Oklahoma und fuhren sofort los. Die Fahrt dauerte insgesamt 28 Stunden. Sie wechselten sich beim Schlafen und Fahren ab und hielten nur an, um zu tanken und auf die Toilette zu gehen. Als sie in Oklahoma City ankamen, brachte Laura Rachel zu ihrer Schwester Bella, die dort wohnte, und lieferte dann den Mietwagen ab. Ihre Freundin Marianne fuhr Laura zu Nicks Adresse in der Stadt Norman. Als sie ein Stück weit entfernt in seiner Straße anhielten, konnte Laura ihren Minivan in seiner Auffahrt sehen. Sie bedankte sich bei ihrer Freundin, die zurück nachhause fuhr. Dann rief Laura die Polizei an. Sie wollte „Polizeischutz" haben, während sie ihren Plan ausführte. Daher gab sie zunächst an, dass sie ihr Auto entdeckt habe, welches ihr gestohlen wurde. Kurz darauf erschienen die Polizeibeamten. Laura erklärte ihnen ihre derzeitige Ehesituation: Dass ihr gesamtes Eigentum von ihrem

Gehalt bezahlt wurde und alle finanzielle Verpflichtungen auf ihrem Namen abgeschlossen wurden, weil Nick in den letzten vier Jahren kein Einkommen hatte; dass er sie verlassen hatte und nun unverhofft die Scheidung wünschte, sich aber weigerte, ihr Auto zurückzugeben, für das sie Zahlungen leisten musste. Die Beamten konnten sofort erkennen, wie sie von Nick ausgenutzt wurde. Einer der Beamten sagte, er könne es nicht billigen, dass sie ihr Auto ohne Nicks Einwilligung nehme, da es laut eines Gesetzes, das in Kalifornien wie auch in Oklahoma gültig sei, zur ehelichen Gütergemeinschaft gehöre. Sie wurde zornig. Wer würde sie dann verteidigen und unterstützen in dieser offensichtlich ungerechten Situation? Plötzlich trat der zweite Beamte näher, der etwas entfernt gestanden und sich die ganze Unterhaltung zwischen Laura und seinem Kollegen angehört hatte. Er sagte „Haben sie ein Dokument, welches nachweist, dass ihr Name allein im Leasingvertrag steht?"

Sie antwortete „Ja das habe ich. Ich habe es mitgebracht."

Sie griff in ihre Handtasche und überreichte es ihm.

Er fuhr weiter „Und haben sie einen zweiten Schlüssel?"

Während sie auf einmal neugierig wurde, auf was er hinauswollte, antwortete sie „Ja" und zeigte ihm den Schlüssel. Er kam noch ein wenig näher und fuhr weiter fort „Wissen Sie, während der Van auf dem

Privatgrundstück ihres Ehemannes in der Auffahrt geparkt ist, können wir ihnen nicht erlauben, ihn wegzufahren. Er hat das Recht, den Wagen zu benutzen, solange er nicht bei der Scheidung ihnen zugesprochen wird. Aber das hilft Ihnen heute nicht. Obwohl, wenn man ihn im Leerlauf die Auffahrt hinunter auf die Straße rollen lässt, dann steht er auf Stadteigentum. Dann dürften Sie ihn mitnehmen, denn Sie haben den Schlüssel und den Leasingvertrag, der bestätigt, dass Sie die Eigentümerin sind."

Lauras Augen begannen zu funkeln. „Und Sie würden mich nicht davon abhalten, das zu tun, oder es erlauben, dass er mir auf irgendeiner Weise weh tut, sollte er aus dem Haus kommen?"

„Als Polizeibeamte sind wir verpflichtet, unsere Bürger vor häuslicher Gewalt zu beschützen", sagte er äußerst professionell.

Laura lächelte und drückte seine Hand. „Danke! Vielen herzlichen Dank! Und Gott segne Sie! Es gibt wohl doch noch Gerechtigkeit auf dieser Welt!"

Sie ging zu ihrem Auto, entriegelte den Alarm und öffnete die Tür. Nick hatte als Diebstahlschutz einen Stab ans Lenkrad montiert. Ihr Herz schien stillzustehen. Sie drehte sich zum Polizisten voller Enttäuschung und fragte ihn „Wie kann ich ihn jetzt fahren?"

Er antwortete „Sie müssen nur jedes Mal die Tür öffnen, wenn der Stab beim links oder rechts abbiegen an die Tür anschlägt. Wenn Sie geradeaus fahren, stört er beim Fahren gar nicht. Dann kaufen Sie einfach eine kleine Metallsäge und sägen ihn durch. Die können Sie bei Walmart kaufen" sprach er ganz ruhig weiter.

Sein Kollege, der das ganze Gespräch mitgehört hatte, fing an zu lächeln, blieb aber weiter weg stehen. Laura konnte es nicht glauben, wie nett der Polizist zu ihr war! Sie dankte ihm noch einmal, setzte sich in ihr Auto, schaltete es auf Neutral und ließ es rückwärts auf die Straße rollen. Gerade in diesem Moment kam Nick aus dem Haus. Der zweite Polizist ging zu ihm, bereit einzuspringen, falls er versuchen solle, Laura aufzuhalten, ihre Mission auszuführen. „Was ist hier los?" fragte er den Polizisten, der in aller Ruhe antwortete:

„Es scheint so, als ob diese Frau die rechtliche Besitzerin dieses Autos ist, das hier auf Stadteigentum geparkt wurde. Anscheinend wird es ohne ihre Einwilligung benutzt und daher ist sie berechtigt, ihr Eigentum wieder an sich zu nehmen."

Nick geriet in Rage, als er zusah, wie Laura das Auto startete und wegfuhr.

Die Fahrt von Norman nach Oklahoma City verlief vorwiegend auf gerader Straße und die wenigen Male, die Laura abbiegen musste, verliefen problemlos, da sie den Anweisungen des Polizisten genau folgte. Ihr erster Halt: Walmart. Sie kaufte eine kleine Metallsäge. Auf dem Parkplatz vor Bellas Wohnung sägte sie mehr als eine Stunde lang im heißen Auto, bis der Stab abfiel. Aus Angst, dass Nick versuchen könnte, sie aufzuhalten, holte sie anschließend sofort Rachel aus der Wohnung ihrer Schwester und sagte „Komm schnell. Lass uns gehen." Sie verabschiedeten sich von Bella, die über den Grund ihres kurzen Besuches amüsiert war, und machten sich auf den Weg zurück nach Kalifornien. Als sie in Richtung Westen auf die Interstate-40 fuhren, schauten sie sich an, brüllten aus Freude über ihren Sieg und den Erfolg ihrer Mission und gaben sich gegenseitig „High Fives". Nick hatte jetzt eben Pech und kein Auto mehr, aber Lauras Rache war süß.

Es war der 11. September 2001. Laura wurde von einem Anruf kurz nach 6 Uhr geweckt. Es war Diego. Seine Stimme klang tief bestürzt, als er sagte „In New York ist gerade etwas Furchtbares passiert. Mach schnell den Fernseher an!"

Im Halbschlaf tat Laura, was er gesagt hatte. „Welchen Sender?" fragte sie.

„Es ist egal. Es kommt überall.", sagte er.

Gerade als sie den Fernseher einschaltete, sah man, wie einer der Twin-Towers in New York in sich zusammenstürzte, da ein riesiges Loch entstanden war, nachdem ein Flugzeug absichtlich in das Hochhaus gesteuert wurde. Ein Nachrichtensprecher berichtete, was passiert war. Laura war schockiert und entsetzt, als sie der Reportage weiter zuhörte, die sie fast lähmte. Die Verwüstung in New York, die man auf dem Bildschirm zu sehen bekam, war unfassbar. Es zerriss ihr das Herz, als sie an die Opfer dachte, die gerade erst ihren Arbeitstag angefangen hatten, und natürlich an ihre Familien, die geliebte Menschen verloren hatten. Welch furchtbare Tragik. Die Nachrichtensendungen liefen den ganzen Tag ohne Unterbrechung und je mehr man von den Details erfuhr, desto mehr Traurigkeit überschattete das Land.

Einige Zeit später läutete wieder das Telefon. Es war Nick. Er rief aus Südkalifornien an, wo er schon seit Wochen bei seiner Schwester wohnte. Er hatte immer noch keine Arbeit, wartete aber darauf, sein Arzt-Examen zu wiederholen. Laura nahm das Telefon ab und merkte, dass sich seine Stimme ungewöhnlich anhörte. Sie hatten schon eine Weile keinen Kontakt mehr gehabt. „Es ist furchtbar, was passiert ist, nicht wahr?" begann er.

Etwas reserviert stimmte sie zu.

„Es hat mich wirklich zum Nachdenken gebracht" fuhr er fort.

„Oh ja? Worüber?" antwortete sie verdutzt.

„Darüber, wie zerbrechlich das Leben wirklich ist und wie schnell es vorüber sein kann – einfach so."

Sie war sich nicht sicher, warum er anrief, um das mit ihr zu besprechen. Sie war zu dem Entschluss gekommen, ihr Leben ohne ihn neu anzufangen und war ganz zufrieden mit der Tatsache, dass er aus ihrem Leben verschwunden war. Wie es sich später herausstellen sollte, wäre es für Laura besser gewesen, wenn es dabeigeblieben wäre.

Nicks Stimme brach und er fing an zu weinen, während er weiterredete „Mein ganzes Leben war ich ein Atheist. Ich habe nie an Gott oder an ein Leben im Jenseits geglaubt. Heute, als ich an all die Leute dachte, die so unerwartet gestorben sind, wurde mir klar, dass ich, wenn ich dabei gewesen wäre, sicherlich in die Hölle gekommen wäre, wenn es so etwas gibt.“

Laura nahm wahr, dass er jetzt bitterlich weinte.

„Mein ganzes Leben war ich so ein schrecklicher Mensch“ fuhr er fort. „Ich war so egoistisch und habe so vielen Menschen geschadet, vor allem dir. Und du warst immer so ein guter Mensch und hast an Gott geglaubt. Du hast nicht verdient, was ich dir alles angetan habe. Ich kann mich selbst nicht mehr ausstehen. Es schmerzt mich, einzugestehen, wer ich wirklich bin. Ich möchte mich ändern! Ich möchte ein guter Mensch werden, so wie du. Ich möchte gläubig und ein Christ werden, ich will nicht in die Hölle kommen!“

Laura wusste nicht, was sie sagen sollte. Während sie seiner Selbstbeschreibung zuhörte, konnte sie nicht anders als ihm zuzustimmen. Er war wahrhaftig ein arroganter, egoistischer Kerl und hatte sie unbestreitbar ausgenutzt und ihr weh getan. „Na ja. Du bist gut aufgehoben. Deine Schwester ist Mitglied in der International Church of Christ. Sie wird dir bestimmt gerne helfen, Christ zu werden, da bin ich mir sicher." sagte sie.

„Ich werde gleich heute mit ihr darüber reden" setzte er fort, „und es tut mir unendlich leid, was ich dir angetan habe!"

Sie nahm die Reue, die er ausdrückte, zur Kenntnis, aber dann beendete sie das Telefongespräch. Sie traute ihm nicht und sie glaubte auch nicht, dass dies alles ehrlich gemeint, sondern eigentlich nur ein Versuch war, sie wieder hinters Licht zu führen angesichts seiner ausweglosen Situation: Er hatte keine Arbeit, keine Lizenz irgendwo Medizin zu praktizieren, keine Wohnung und kein Auto. Seine Notlage ließ sie jedoch völlig kalt.

Er rief sie wieder und immer wieder an. Er erzählte ihr über den Fortschritt, den er machte, die Heilige Schrift mit seiner Schwester zu lesen. Nach einigen Anrufen fragte er Laura, ob er sie besuchen kommen dürfe, aber sie weigerte sich mehrmals. Nick gab nicht auf. Der Termin, an dem ihre Scheidung rechtskräftig werden sollte, war für November festgelegt. Er versprach ihr, ohne Einspruch zu unterschreiben, musste aber vor Gericht erscheinen, um es zu tun. Deshalb kam er ein paar Tage vorher nach San Francisco. Er war nicht derselbe Nick, den sie in Erinnerung hatte. Er wirkte demütig, emotional, zuvorkommend, reumütig, dankbar und weinte bittere Tränen, als er Laura zum ersten Mal wiedersah. Sie führten ein langes Gespräch, in welchem er ihr alle Dinge aufzählte, für die er Gott um Verzeihung gebeten hatte und er erweckte den Anschein, als ob er ein anderer Mensch geworden war. Er bat sie höflich, ob er in einem der Kinderzimmer ihres Hauses schlafen dürfe, um ein paar Tage bei ihr verbringen zu können. Er war aufmerksam, freundlich, half ihr beim Kochen, sogar beim Putzen und während sie auf der Terrasse saßen, schien er einfach froh, nur in ihrer Nähe zu sein. Sie konnte die Verwandlung in ihm kaum glauben. Und er besuchte die örtliche International Church of Christ, um getauft zu werden, während er da war. Laura war dazu eingeladen.

Der Tag war gekommen, um die Scheidung zum Abschluss zu bringen. Sie fuhren zusammen zum Gerichtshof und bevor Nick ausstieg, flehte er Laura an, die Dokumente nicht zu unterschreiben. Wieder weinte er und entschuldigte sich für all den Schmerz, den er ihr zugefügt hatte. Er versprach, alles wieder gut zu machen, würde sie ihm nur noch eine Chance geben. Er versicherte ihr auch, dass seine Kinder nie wieder ein Streitpunkt in ihrer Ehe sein würden. Erstens, argumentierte er, wollten sie nicht wieder bei ihr wohnen, weil sie glücklich bei ihrer Oma waren und zweitens würde er es ihnen nie wieder erlauben. Sie hörte sich sein Betteln und seine Versprechen an und machte ihm klar, dass dies ihre Bedingung sei, unter der sie es sich überlegen würde, die Scheidung aufzuheben. Falls er sein Versprechen nicht halte, würde sie ihn sofort verlassen und die Scheidung fortsetzen. Er versprach, dass dies nie wieder ein

Thema sein würde, wenn sie doch nur die Scheidung rückgängig machen würde. Er war dankbar und fast ekstatisch und gestand ihr seine Liebe, als sie endlich zustimmte. Sie gingen in den Gerichtshof und unterschrieben die nötigen Dokumente, um den Scheidungsprozess abzubrechen.

Nachdem er sein Arzt-Examen wiederholt und dann auch bestanden hatte, verkauften sie ihr Haus. Nun konnte er sein Facharzt Praktikum bei der Temple University in Philadelphia antreten. Kurz vor Weihnachten machten sie sich auf den Weg. Lauras Kinder lebten weiterhin bei ihren Vätern und Nicks bei der Großmutter. Als sie in Philadelphia ankamen, bezogen sie eine niedliche Zwei-Zimmer-Wohnung und waren glücklich, weil ihre Beziehung wiederauflebte. Sie engagierten sich beide fest in der örtlichen Kirche. Nick hatte sich wirklich sehr geändert, seit er gläubig geworden war. Laura hatte das Gefühl, dass ihre Aufopferung und Nick zu vergeben sich am Ende gelohnt hatten. Sie war endlich glücklich. Bis ein Anruf aus Oklahoma kam. In der Zeit, in der seine Kinder bei der Großmutter gewohnt hatten, erschien ihre Mutter plötzlich nach sechs Jahren wieder. Es stellte sich heraus, dass sie zur Zeit ihres Verschwindens eine Affäre hatte und schwanger geworden war. Sie war seit damals mit dem Vater des Kindes zusammen, das nun fünf Jahre alt war. Ihre Kinder waren froh, sie wiederzusehen und wohnten nun schon eine Weile bei ihr. Es stellte sich jedoch heraus, dass sie weiterhin eine untaugliche Mutter und noch immer nicht in der Lage war, sich anständig um ihre Kinder zu kümmern. Neben anderen Charaktermängeln war sie noch immer spielsüchtig, was schon vor ihrem Verschwinden bekannt war. Da sie enttäuscht waren, wollten seine Jungs unbedingt wieder zu ihrem Vater kommen. Nick präsentierte Laura die Neuigkeit. Sofort weigerte sie sich. „Nein. Wir haben eine Abmachung, dass ich nie wieder mit ihnen zu tun haben muss. Du hast es versprochen! Wir wissen beide genau, dass sie mich hassen und immer versuchten, unsere Ehe zu zerstören. Nein. Ich erlaube es nicht." sagte sie hartnäckig.

Er bat sie flehend „Aber was soll ich tun? Sie sind meine Kinder und sie können nicht in Oklahoma bleiben. Ich muss sie kommen lassen. Ich bin ihr Vater und außerdem habe ich das alleinige Sorgerecht. Das wurde gesetzlich festgelegt. Ich bin für sie verantwortlich. Ich werde mit ihnen reden! Ich verspreche es dir. Ich werde ihnen sagen, dass du meine Frau bist und ich dich liebe und daher müssen sie dich respektieren. Ich werde es nie wieder zulassen, dass sie sich so benehmen wie zuvor. Ich verspreche es dir!"

Sie gab nicht nach.

Das nächste Mal, als sich ihre Familiengruppe in der Kirche treffen würde, wollte Nick das Thema mit der Gruppe besprechen. Laura erwartete zu hören, dass ihre Ehe von der Kirche sehr hoch angesehen und dass Nick dazu angehalten würde, seiner Ehe die höchste Priorität einzuräumen. Nachdem sich die Gruppe die Vorgeschichte und die schwerwiegenden Probleme der Patchwork-Familie angehört hatte, standen alle Anwesenden überraschenderweise auf der Seite von Nick. Er war der Vater und daher für seine Kinder verantwortlich. Lauras Aufgabe als christliche Ehefrau bestand darin, ihren Mann zu unterstützen. Sie ermutigten ihn, seine Kinder zu sich zu holen. Dies war ein Schlüsselerlebnis für Laura, das sie letztlich dazu brachte, ihren Glauben zu verlieren. In diesem Moment jedoch hatte Laura keine Wahl. Nick erlaubte seinen Jungs zu kommen. Seit Nick und Laura nach Philadelphia gezogen waren, hatte Laura nicht versucht, Arbeit zu finden, da Nick zum ersten Mal, seit sie verheiratet waren, seine Familie ernähren konnte. Nun hatte Laura gemischte Gefühle: Obwohl sie es genoss, zum ersten Mal nicht der Ernährer zu sein, war sie deshalb nicht in der Lage, ihre Drohung einzuhalten und Nick zu verlassen. Ihr waren die Hände gebunden.

Am Anfang waren Victor und Teddy nett und respektvoll. Sie folgten den Regeln ihres Vaters und erkannten Laura als Elternteil an – eine Zeit lang.

Irgendwann begann aber das alte Szenario wieder: Nicks Kinder respektierten Laura nicht mehr, logen wegen vieler Kleinigkeiten, hielten sich nicht an Grundregeln und wenn sie wegen ihres Ungehorsams zur Rede gestellt wurden, beschuldigten sie Laura wieder auf „Hexenjagd" zu sein. Sie warfen ihr vor, den Ärger zu verursachen, den sie mit ihrem Vater bekamen. Nick schuf letztendlich die Regel, dass nur er die Jungs disziplinieren dürfe und sie ihrer

Stiefmutter nicht gehorchen müssten. Daraufhin tyrannisierten sie Laura in ihrem eigenen Zuhause, während Nick wieder auf ihre Täuschungen hereinfiel und seine Frau weder unterstützte noch ihr zur Seite stand. Kurz nachdem seine Jungs zu ihnen gekommen waren, kam auch seine Tochter, die ein Erziehungsproblem für ihre Mutter geworden war. Auch sie kam ohne Lauras Einwilligung. Nun war das Ganze für Laura überhaupt nicht mehr akzeptabel. Sie machte sich schon bald auf die Suche nach einer Arbeitsstelle, sodass sie wieder unabhängig sein und aus dieser fatalen Lage herauskommen könnte. Sie ärgerte sich über die zwei Jahre, die sie damit verschwendet hatte, in eine fremde Stadt zu ziehen, nur um jetzt wieder vor demselben Problem zu stehen. Sie bereute es, San Francisco verlassen zu haben und noch dazu vermisste sie ihre Kinder, die so weit entfernt lebten.

Es dauerte nicht lange, bis sie in einem Krankenhaus in der Nähe eine Stelle fand. So schnell wie möglich mietete sie sich ihre eigene Wohnung. Weder Nick, noch seine Kinder schien es etwas auszumachen, dass Laura ausgezogen war, im Gegenteil, genau das wollten sie erreichen.

Laura hatte jeglichen Kontakt mit Nick abgebrochen, als er sich nach ungefähr drei Monaten plötzlich wieder meldete. Die am Anfang noch wenigen Telefonate wurden regelmäßiger; ihre vereinzelten Verabredungen wurden häufiger und plötzlich war er wieder in ihr Leben eingetreten. Seine Beharrlichkeit war unermüdlich. Er erklärte ihr, dass er nicht ohne sie leben könne. In der Zwischenzeit war sein jüngster Sohn zu seinem Onkel in Oklahoma gezogen, weil er sogar für seinen Vater zu schwierig zu handhaben war. Seit Laura ausgezogen war, hatten seine Kinder ziemlich freien Lauf, da Nick viel zu sehr mit seiner Arbeit beschäftigt war, um sich um seine Kinder zu kümmern. Teddy war in viele Schwierigkeiten geraten, unter anderem gab es eine Anzeige wegen Brandstiftung. Da er noch minderjährig war, wurde die Strafe auf Bewährung ausgesprochen. Seine Tochter Lilly war wieder zurück nach Oklahoma zu ihrer Mutter gegangen, nachdem sie ebenfalls ein Disziplin-Problem für Nick wurde. Nur sein ältester Sohn Victor war noch bei ihm. Nick gestand Victor, dass er Laura liebte und wieder mit ihr zusammen sein wolle. Er stellte Victor vor die Wahl: Er könne wieder zu seiner Großmutter gehen oder bei ihm bleiben, aber mit veränderten Regeln. Er müsse Laura als Nicks Frau und seine Mutterfigur respektieren und ihr gehorchen. Der Teenager verpflichtete sich, dieses Mal nach den neuen Regeln zu leben und Lauras Autorität anzuerkennen. Nick wollte einfach kein Leben ohne Laura. Er war froh, dass sie es noch einmal probieren würde. Sie hatte Zuversicht auf einen erneuten Start mit Einheit und Harmonie, was das Einzige war, das sie immer wollte. Sie behielten beide noch weiterhin ihre Wohnungen und trafen sich jedes Wochenende.

Laura war nun schon zweieinhalb Jahre in Philadelphia, fühlte sich aber immer noch nicht sehr wohl dort. Vor allem aber: Sie sehnte sich nach ihrer jüngsten Tochter Abby, die bei ihrem Vater und ihrer Stiefmutter in Dallas lebte und nun in der Middle School war. Bei ihrem Vater und seiner neuen Frau zu sein, tat ihr gut. Sie war nicht mehr dem ewigen Drama durch Nicks Kinder ausgeliefert und bekam viel mehr Aufmerksamkeit als zuvor. Sie war richtig aufgeblüht, seit sie in Dallas lebte. Obwohl Laura sie sehr vermisste, hatte sie es nie bereut, ihrer Tochter diese Zeit mit ihrem Vater zu schenken. In ein paar Jahren würde ihre Jüngste die High School beenden und es blieb Laura nur noch wenig Zeit, bevor ihre Tochter erwachsen war. So beschloss sie, nach Dallas zu ziehen.

Sie glaubte noch immer nicht, dass Nick seine neuesten Bemühungen zum Familienfrieden weiterhin aufrechterhalten könne; auch nicht die Mühe, die er gerade in ihre Beziehung steckte. Obwohl es bisher gut ging, gab sie bekannt, dass sie ohne ihn nach Dallas ziehen werde. Sie wollte einfach weiterhin in Frieden leben und näher bei ihrer Tochter sein. Nick wollte dies gar nicht hören. Er bestand darauf, auch dorthin zu ziehen. Sein Vertrag in der Klinik in Princeton würde bald ablaufen, danach würde er auch nach Dallas kommen. Wieder gewann seine Beharrlichkeit und Überredungskunst und Laura stimmte endlich zu. Warum konnte sie einfach nicht von diesem Mann loskommen, der ihr so viel Leid zugefügt hatte? Seine Reue schien immer so aufrichtig zu sein. Es war als ob sie unter einem Bann stand, aber in Wirklichkeit hieß dieser Bann „Co-Abhängigkeit".

Laura kam im April 2004 in Dallas an. Sie bekam eine Stelle als Krankenschwester in einem chirurgischen Krankenhaus in Frisco. Sie liebte ihre Arbeit und fand bald neue Freunde, im Gegensatz zu ihrer Zeit in Philadelphia. Nicht lange nach ihrem Umzug zog auch Abby zu ihr, da auch sie froh war, ihre Mutter wieder bei sich zu haben. Sie war jetzt vierzehn. Im folgenden Juli kamen Nick und Victor aus Princeton und Laura und Nick waren wieder zusammen. Auch die Regeln, die Nick für Victor aufgestellt hatte, schienen zu funktionieren. Er war froh, bei seinem Vater zu sein und respektierte und akzeptierte Laura als Stiefelternteil. Ein paar Monate später kam wieder ein Anruf: Nicks Tochter Lilly wurde ein Erziehungsproblem für ihre Großmutter. Sie war häufig in Schwierigkeiten geraten und ihre Oma weigerte sich, sie weiterhin aufzunehmen. Sie war auch vierzehn und es gab den Verdacht, dass sie schwanger sein könne. Ihre Mutter war vor Wochen wieder verschwunden und unauffindbar. Abermals wurde Nick aufgerufen, als Elternteil mit Sorgerecht zu handeln und er hatte keine andere Wahl, als seine Tochter nach Dallas zu holen. Lilly war völlig aufgelöst nach den Erlebnissen in Oklahoma und schien froh, wieder bei ihrem Vater, aber auch bei ihrer Stiefschwester Abby zu sein. Sie war mehr als gewillt, zu respektieren, dass ihre Eltern wieder vereint waren und akzeptierte auch die Bedingungen ihres Vaters, genau wie Victor.

Im Oktober 2004 begann das Paar in Allen, einem Vorort von Dallas, ein Haus bauen zu lassen. Es würde ein wunderschönes, großes Haus für sie und ihre vier Teenager sein. Sie freuten sich alle riesig. Der aufregende Tag kam: Am 5. April 2005 zogen sie in ihr neues Haus. Es war nach Wunsch für sie gefertigt und perfekt für ihre Familie. Es gab eine große Einweihungsfeier und all ihre Freunde waren eingeladen. Das Essen kam von einem Caterer, der nach Lauras eigenen deutschen Rezepten gekocht hatte. Sie verbrachten viele glückliche Zeiten in ihrem neuen Zuhause. Es gab wunderschöne Weihnachtsfeiertage, Geburtstage, Schulabschlussfeiern und Oktoberfeste. Laura war mit Leib und Seele dabei, dieses Haus in ein gemütliches Zuhause zu verwandeln und sie war dankbar dafür, was das Leben ihr endlich gebracht hatte.

Ihr zehnter Hochzeitstag war im Jahre 2007. Nick und Laura flogen zum Urlaub nach Europa. Sie verbrachten eine wunderschöne Woche auf den Kanarischen Inseln und die folgenden zwei Wochen in Deutschland. Sie besuchten München und Lauras Familie in Stuttgart und schufen sich schöne Erinnerungen. Und sie waren noch immer verliebt. Nick arbeitete erfolgreich als Teilhaber in einer orthopädischen Klinik. Abby machte ihren High School Abschluss. Lilly, die in der vierten Klasse sitzen geblieben war, war ein Jahr hinter Abby in der elften Klasse. Teddy war in der neunten Klasse und Victor war nach dem High School Abschluss zu seinen Großeltern nach Kalifornien gezogen, wo er eine kurze Zeit im Militär verbrachte. Bella und Diana wohnten in Oklahoma und Rachel in Kalifornien. Bella hatte Eric, ihre High School-Liebe, geheiratet. Diana wurde in ihrem letzten Jahr der High School schwanger und hatte einen jetzt vierjährigen Sohn namens Sergio, den sie allein aufzog. Rachel war verheiratet und arbeitete in einem Computer-Store in der San Francisco Eastbay. Laura war glücklich, genoss endlich ein zufriedenes Leben und war sich sicher, dass ihr Durchhaltevermögen sich endlich bezahlt gemacht habe.

Sie war gerade auf dem Heimweg von der Arbeit, als Diego auf ihrem Handy klingelte. Sie antwortete immer schnell, wenn er anrief, weil sie befürchtete, dass etwas mit einem ihrer Kinder geschehen war. „Hi. Was machst Du?" kam seine Stimme vom anderen Ende.

„Von der Arbeit nachhause fahren" antwortete sie.

„Okay" sprach er weiter. „Ich wollte dir nur etwas sagen."

Sie wurde neugierig und horchte aufmerksam zu.

„Ich habe neulich viel Zeit gehabt, um über mein Leben nachzudenken" fing er an. „Ich denke man könnte es Selbstprüfung nennen. Dabei musste ich feststellen, dass ich während des größten Teils meines Lebens kein besonders guter Mensch gewesen bin. Ich war weder ein guter Ehemann, noch ein guter

Vater. Ich wollte nur, dass du weißt, dass es damals überhaupt nicht um dich ging. Es ging nur um mich. Es war alles nicht deine Schuld. Es war so, dass ich mit meinen eigenen Leichen im Keller zu kämpfen hatte. All das, was ich dir angetan hatte, hattest du gar nicht verdient. Du warst eine gute Ehefrau und immer eine gute Mutter. Ich möchte dich bitten, mir für all das zu verzeihen, wenn es dir im Inneren deines Herzens möglich ist."

Dann war Stille.

Laura konnte nicht reden, Tränen rollten über ihre Wangen. Plötzlich hatte sie Schwierigkeiten, das Auto auf der Straße zu halten. Als Diego auf eine Antwort wartete, die nicht kam, sagte er „Bist du noch da?"

Dann hört er ihre stockende Stimme. „Ja, bin ich. Ich kann jetzt gerade nicht reden."

Durch die Tränen in ihrer Stimme spürte Diego, wie tief gerührt sie war. Einen kurzen Moment lang musste Laura all den Schmerz wieder erleben, den sie wegen ihm durchmachen musste und der ihr letztendlich das Herz gebrochen hatte. Eine gewaltige Emotion kam über sie, die sich wie ein Seil um ihren Hals schnürte. Als sie nach Worten suchte, aber noch immer unfähig war zu sprechen, fühlte sie, wie sich ihr Herz dem Himmel öffnete, wie die Macht des Vergebens ihr ganzes Dasein umhüllte und all ihren Schmerz beseitigte. In diesem Moment wusste sie, dass sie ihm vergeben hatte und dass die Vergangenheit keine Rolle mehr spielte. Dann sprach sie leise „Ich vergebe dir" und sie wusste, es war wahrhaftig so.

Er bedankte sich aufrichtig und legte auf. Sie setzte ihre Heimfahrt fort und war überwältigt von dem, was gerade geschehen war. Die Last, Diego über Jahrzehnte hinweg nicht verzeihen zu können, war von ihren Schultern gefallen und hatte sie – letztendlich – befreit.

Im Frühjahr 2008 fingen die Probleme wieder an. Lillys Benehmen wurde unerträglich. Ihre psychische Störung zeigte sich immer mehr. Sie schwänzte die Schule und trieb sich stattdessen mit Jungs herum; sie stahl von ihren Freunden und ihrer Stiefschwester, schlich sich nachts aus dem Haus, log zwanghaft und respektierte Laura wieder überhaupt nicht mehr. Es herrschte ständig Chaos. Sie brachte so viel Unruhe in die Familie, dass Laura Abby vorschlug, eine Zeit lang zu ihrem Vater zu gehen, um dem dauernden Drama zuhause nicht weiter ausgeliefert zu sein. Lilly hatte wieder angefangen, sich mit Rasierklingen zu ritzen und hatte sogar bei einer Auseinandersetzung ein Antiallergikum genommen, um vorzutäuschen, dass sie sich umbringen wolle. Gleich nachdem sie die Tabletten geschluckt hatte, rief sie eine Freundin an, die daraufhin sofort einen Krankenwagen holte. Sie wurde in einer psychiatrischen Klinik behandelt, wo die Diagnose „Bipolare Persönlichkeitsstörung" gestellt wurde. Lilly wurde ein Medikament verschrieben, das gegen ihre Erkrankung helfen solle und sie nahm es auch für eine gewisse Zeit. Man merkte bald, dass sie leichter zu handhaben war, weil ihre Stimmung ausgeglichener und sie weniger depressiv war. Sie schien sogar dankbar für die Hilfe zu sein, die sie von ihren Eltern bekam und akzeptierte es, eine seelische Krankheit zu haben. Doch dann änderte sich ihr Verhalten plötzlich wieder und als Laura dies bemerkte, konfrontierte sie Nick damit. Obwohl Lilly später zugab, ihre Tabletten schon eine Weile nicht mehr genommen zu haben, gelang es ihr trotzdem, Laura die Schuld für ihre Depressionen in die Schuhe zu schieben und wieder einmal unterstützte Nick seine Tochter völlig. Laura hatte keine Chance, sie konnte nur verlieren.

Teddy wurde für mehrere Tage von der Schule ausgeschlossen, da er beim Marihuana-Rauchen erwischt worden war und Skateboards aus einem Abstellraum in der Schule gestohlen hatte, um sie dann zu verkaufen. Teddy musste sich zuhause regelmäßigen Drogentests unterziehen, um wieder zur Schule gehen zu dürfen. Also bastelte er ein Versteck für den Urin eines Freundes unter einem Kosmetiktuchhalter im Bad. Wenn er dann seinem Vater den Urin seines Freundes gab, kam es selbstverständlich zu einem negativen Testergebnis. Laura war es, die entdeckte, wie er es schaffte, seinen Vater so hereinzulegen. Sie hatte das Gefühl, dass Nick so mit dem Verhalten seiner Kinder überfordert war, dass er sich vollkommen blind stellte, um sich nicht damit befassen zu müssen.

Er verlor komplett die Kontrolle und tat was er immer tat: Er beschuldigte Laura die Aufhetzerin zu sein, die seine Kinder in Schwierigkeiten brachte. Wieder überzeugten seine Kinder ihn, dass Laura gemein zu ihnen war und wieder erneuerte er die Regel: Laura dürfe sie nicht disziplinieren, sondern nur er allein. Dann wurde er merklich depressiv.

Eines Tages, als Lilly von ihrer Lehrerin auf frischer Tat beim Lügen erwischt worden war und sie bei Laura angerufen hatte, versuchte sie, dies Nick zu erklären. Nick hatte es satt, von Lillys notorischen Lügen zu hören und wurde wütend. Er stieß Laura weg und schrie, sie solle seine Tochter in Ruhe lassen. Wieder beschuldigte er sie auf „Hexenjagd" zu sein, was sein Lieblingsbegriff war, wenn er Laura die Schuld geben wollte.

Als sie ihr Hände hochhielt, um sich vor seinem Stoß zu schützen, ergriff er ihren linken Daumen und überdehnte ihn auf qualvolle Weise. Sie schrie vor Schmerz. In ihrem Daumen pochte es fürchterlich. Sie hielt ihre Hand und fiel auf die Knie. Nick drehte sich einfach um und lief davon. Es war Laura zu peinlich, einen Arzt aufzusuchen, weil sie dann hätte zugeben müssen, dass sie ein Opfer häuslicher Gewalt geworden war. Es war für sie besonders unangenehm, da sie eine Krankenschwester war und vor allem, weil sie mit einem Arzt verheiratet war. Am nächsten Tag ging sie zur Arbeit und erzählte ihrer Chefin, die auch ihre Freundin war, vertraulich davon. Diese organisierte eine Schiene, um den Daumen stillzulegen, der noch immer fürchterlich schmerzte. Mehrere Tage war dies eine schmerzliche Erinnerung an ihr gestörtes Privatleben und ausklingende Ehe. Sie würde später zwei sehr schmerzhafte Operationen ertragen müssen, um den Schaden zu beheben, der ihr an diesem Tag zugefügt worden war.

Das war der Anfang vom Ende. Die nächsten Monate lebte das Ehepaar unter einem Dach, hatte jedoch fast keinen Kontakt miteinander. Laura ignorierte Nicks Kinder, kochte und wusch nicht mehr für sie und war nicht mehr in ihre Erziehung involviert. Ihnen war dies gerade recht, da sie sich dagegen sowieso immer sträubten. Ihr Zusammenleben war eher das einer Wohngemeinschaft als das einer Familie. Es fühlte sich sehr ungemütlich kalt an. Glücklicher Weise war ihr Haus mit 310 Quadratmetern groß genug, dass es selten einen Grund gab, zur selben Zeit im selben Raum zu sein. Laura wartete und wartete auf Nick und hoffte, er würde irgendwann kommen und das Eis brechen. Aber er zog sich schlichtweg zurück und vermied das Gespräch mit ihr.

Lauras Freunde, Klaus und Monika planten im September einen Urlaub in die USA. Sie würden zuerst nach Dallas kommen, um Laura und Nick zu besuchen, und dann nach Florida weiterfliegen. Laura freute sich sehr auf ihre Schulfreunde. Sie waren zusammen zur Realschule gegangen und schon seit über fünfunddreißig Jahren befreundet. Lauras Kinder waren begeistert, als Monika ihre Souvenirs auspackte. Sie waren immer über Sachen aus Deutschland entzückt. Die drei Schulfreunde verbrachten eine wunderschöne Zeit in Texas. Die erste Attraktion, das Champions Rodeo in Fort Worth, begeisterte Klaus und Monika völlig. Auf dem Programm standen Bull Riding, Barrel Racing und Lasso werfen. Zum ersten Mal sahen sie echte texanische Cowboys. Danach fuhren sie nach San Antonio und machten eine Bootsfahrt auf dem Fluss Guadalupe entlang des malerischen Riverwalks, aßen leckere mexikanische Gerichte und saftige Texas-Steaks. Sie gingen auch auf die Southfork Ranch der TV Serie „Dallas", wo J.R. Ewing erschossen wurde; besichtigten das Dallas Book Depository, von wo aus Lee Harvey Oswald den Präsidenten J.F. Kennedy ermordet hatte und welches nun ein Museum war. Sie verbrachten gemütliche Grillabende auf ihrer Terrasse und veranstalteten sogar ein Oktoberfest. Monikas selbst gemachter Rhabarber-Kuchen war ein großer Hit. Dieser Besuch blieb allen in sehr angenehmer Erinnerung. Laura hatte bemerkt, dass Nick sich angestrengt hatte, den Freunden eine schöne Zeit zu gestalten, aber sie spürte, dass er sich von ihr emotional noch weiter entfernt hatte. Nachdem ihre Freunde wieder gegangen waren, konnte Laura die kalte Atmosphäre in ihrem Haus nicht mehr ertragen, also konfrontierte sie Nick. „Liebst du mich nicht mehr?" unterbrach sie sein Fernsehschauen, welches in den letzten Monaten übermäßig geworden war.

Ohne jegliche Gefühle zu zeigen, antwortete er „Nein. Ich liebe dich nicht mehr. Ich will nicht mehr mit dir verheiratet sein. Es war ein ständiges Hin und Her. Es ist schwachsinnig und klappt einfach nicht. Ich habe genug davon, es weiter zu versuchen."

Laura schaute ihm in die Augen, welche ihren Glanz und jegliches Zeichen von Liebe oder Zuneigung verloren hatten. Sie wusste, er sagte die Wahrheit. Er schien traurig und niedergeschlagen. Obwohl seine Worte ihr Herz schwer trafen, wusste sie tief in ihrem Inneren, dass er beiden einen Gefallen tat, dieses verrückte Hin und Her zu beenden, wie er es richtig genannt hatte. Die ganzen Jahre ihrer Ehe, mittlerweile insgesamt elf, erschienen ihr wie ein Film mit ständigen Rissen im Band. Es ging nie sehr lange ohne unangenehme Unterbrechung oder irgendeine Katastrophe. Auch sie war es leid, weiter zu kämpfen. Im Alter von achtundvierzig kam es ihr so vor, als ob ihr Leben in einem Kampf zerstört wurde, den sie nie gewinnen würde. Ihr Traum von einer glücklichen Ehe und einem stabilen, friedlichen Leben würde nie wahr werden. Nicht mit diesem Mann. Und sie war sich sicher, dass psychisch etwas mit ihm nicht stimmte. Sie war schon so oft Zeugin gewesen, wie sich seine Stimmung um hundertachtzig Grad drehte, sogar sein ganzer Charakter; als ob er zwei verschiedene Personen war und zwei völlig entgegengesetzte Persönlichkeiten besaß. Laura liebte eine von ihnen und sie hasste die andere. Eine von ihnen liebte Laura innig und wollte ohne sie nicht leben und von der anderen wurde sie gehasst und geplagt.

Sie fragte sich, was wohl eine psychologische Untersuchung ergeben würde und vermutete eine bipolare Störung, genau wie bei Lilly.

In jener Nacht zog sie sich in ihr Schlafzimmer zurück und weinte sich in den Schlaf; nicht wegen Kummer oder Qual, sondern aus Erschöpfung, nachdem sie jahrelang alles, was sie in sich hatte, diesem Mann und seinen Kindern zugutekommen ließ. Aber auch, weil sie jetzt mit leeren Händen dastand, ohne sich auf ihre Zukunft freuen zu können, sondern darauf, mit achtundvierzig noch einmal neu anfangen zu müssen. In diesem Alter hatte sie gehofft, dass sich ihre Aufopferungen bezahlt gemacht hätten. Vielmehr fühlte sie sich aber ausgelaugt und leer. Nick hatte all ihre Liebe genommen, die sie jemals für einen Mann empfinden würde, abgesehen von Diego. Die Schuldgefühle dafür, was ihre Kinder wegen ihr durchmachen mussten, lagen schwer auf ihren Schultern und wurden der Grund eines langen schweren Kampfes, sich selbst dafür zu verzeihen.

Laura reichte im Oktober 2008 erneut die Scheidung ein und begann ihr eigenes Leben. Zusammen mit Abby zog sie in eine nette Wohnung und sie waren glücklich darüber, frei und selbständig zu leben. Es würde kein ständiges Chaos mit Nick wegen seiner Kinder mehr geben und sie würde nicht mehr mit Lillys Lügen und Stehlen umgehen zu müssen. Gelegentlich hatte Laura Momente, in denen sie sich an angenehme Zeiten erinnerte, die sie mit Nick verbrachte. Sie dachte an Urlaube in Europa und Mexiko, Wochenendreisen nach San Diego und San Antonio, Skiurlaube in New Mexiko und Lake Tahoe, Besuche bei seinen Eltern in Südkalifornien und Reisen zur Nordküste von Kalifornien. Ja, es gab viele schöne Zeiten, aber die Erinnerungen verblassten genauso schnell wieder, sobald sie von Erinnerungen an seelische Verzweiflung und Enttäuschungen verdrängt wurden.

Abby war so froh, ihre Mutter wieder für sich zu haben. Sie wollte schon lange, dass ihre Mutter diese ungesunde Beziehung beende und konnte ihre Co-Abhängigkeit von diesem Mann nie verstehen. Dies war wahrhaftig ein wundervoller neuer Anfang!

Der neue Friede dauerte nicht lange. Am Tag vor der Gerichtsverhandlung, um die Scheidung abzuschließen, erschien Nick unerwarteter Weise und bat kurz, herein kommen zu dürfen, da er etwas Wichtiges zu sagen hätte. Als er in ihrer Wohnung stand, fing er, wie üblich, an zu weinen. „Ich weiß, wie sehr ich dir weh getan habe," begann er „und ich weiß wirklich nicht, was mit mir los ist. Ich will dich einfach nicht verlieren. Ich weiß auch nicht, wie du mir jemals wieder verzeihen könntest, aber ich flehe dich an – bitte unterschreibe morgen die Papiere nicht. Ich kann es nicht durchziehen. Ich liebe dich und werde dich immer lieben. Bitte gehe morgen nicht hin! Ich weiß, dass ich alles gutmachen kann!"

Er nahm ihre Hand während er flehte und plötzlich spürte Laura, dass etwas auf ihren Finger geschoben wurde. Als sie ihre Hand anschaute, sah sie einen wunderschönen smaragd-geschliffenen Diamantring. Sofort wurde sie sehr wütend, zog ihn schnell wieder ab, legte ihn in seine eigene Hand und rief „Wie wagst du es überhaupt, das zu mir zu sagen? Und wie wagst du es zu denken, du könntest auf charmant machen und mich mit einem Ring dazu zu überreden, bei dir zu bleiben? Ich habe genug! Ich habe deinen Scheiß jetzt elf Jahre lang erduldet! Du bist krank! Mit dir stimmt etwas nicht! Deine Stimmungsschwankungen zerstören mein Leben. Einen Moment liebst du mich, im nächsten hasst du mich. Bei mir ist jetzt Schluss! Du solltest zu einem Psychiater gehen, weil bei dir ernsthaft etwas nicht stimmt! Und wenn du morgen nicht erscheinst, um diese Papiere zu unterschreiben, dann kannst du sicher sein, dass ich nie wieder ein Wort mit dir rede. Das ist das eine Mal, wo du mir Respekt erweisen kannst: indem du das für mich tust! Du sagst, du liebst mich, dann kannst du es dieses Mal damit beweisen. Lass es dir geraten sein, morgen zu erscheinen! Ich werde dein Leben zur Hölle machen, so wie du es mir angetan hast, wenn du dich morgen nicht zeigst!"

Nick konnte den Zorn in ihre Stimme hören und wusste, sie meinte es ernst. Er fragte sie traurig „Ist es das, was du wirklich jetzt von mir brauchst? Ist das alles?"

Sie sagte „Ja, und jetzt mach, dass du aus meinem Haus kommst und steh bloß morgen auf der Matte!"

Er erschien am nächsten Morgen. Mit Tränen in den Augen unterschrieb er die Dokumente vor dem Richter, bestritt gar nichts, sondern stimmte allem zu, was Laura beantragt hatte. Sie einigten sich, dass er weiter in ihrem Haus wohnen würde, bis Laura es verkaufen wolle, und er würde bis dahin die Hypothek bezahlen. Jeglicher Profit des Verkaufs würde an Laura gehen, da sie Jahre ihres Lebens und hunderttausende Dollar investiert hatte, um ihn und seine Kinder zu ernähren. Sogar er selbst war vernünftigerweise der Meinung, dass sie das verdiene. Sie achtete darauf, freundlich zu bleiben, bis alles unterschrieben und gesetzlich bestätigt war und dachte, ihre finanzielle Zukunft sei damit geschützt.

Nick folgte Lauras Rat und suchte einen Psychiater auf. Es war schon lange bemerkbar gewesen, dass seine Gedanken zwischen Perioden von Depression und Selbstmordneigung immer konfuser und manischer geworden waren. Genau wie sie es vermutet hatte, lautete die Diagnose „Bipolare Störung". Es wurde ihm ein Medikament verabreicht, das ihm helfen sollte, klarer zu denken und seine Stimmungen auszugleichen. Als er sie anrief, um ihr von der Diagnose zu berichten, verspürte sie zugleich Wut und Erleichterung. Wut, denn all die Jahre hatte sie mit seinen Stimmungsschwankungen und seinen irrationalen Gedanken leben müssen, obwohl er doch schon lange Hilfe bekommen und ihr Leiden hätte beenden können. „Warum ist es immer so schwierig, Menschen mit einer seelischen Krankheit dazu zu bringen, sie anzuerkennen und Hilfe zu suchen?" fragte sie sich. In ihrer Situation geschah es erst, als ihre Ehe zerstört war. Das beste Gefühl jedoch war die Erleichterung, die sie empfand, dass es nicht mehr ihr Problem war, mit dem sie umzugehen hatte. Das vermittelte ihr ein Gefühl von Freiheit, das ihr guttat.

In den folgenden Monaten hielt Nick sein Versprechen. Er wohnte mit seinem jüngsten Sohn Teddy in ihrem Haus und machte die Zahlungen. Aber er gab immer noch nicht auf. Dauernd rief er an, bat um Verabredungen und brachte Laura Geschenke. Seit er sein Medikament nahm, hatte er sich sehr verändert – wieder einmal. Er strengte sich sehr an, ihr zu beweisen, dass er sich geändert hatte, aber vor allem, dass er sie liebte. Sie traute ihm jedoch trotzdem nicht. An diesem Punkt war sie schon so oft angelangt und sie erwartete, dass er irgendwann wieder in alte Gewohnheiten zurückfallen würde. Und sie hatte Recht.

In jenem Sommer entschied sie sich, ihr Haus zu verkaufen. Nick stimmte zu, aber wie es sich später herausstellte, nur, weil er hoffte, einen Teil des Profits zu erlangen, obwohl er das bei der Scheidung abgelehnt hatte. Beim Gerichtsurteil hatte sie vergessen sich zu schützen, indem sie Nicks Name aus der Besitzurkunde entfernen ließ, während er noch dazu willig gewesen wäre. Erst viel später fand sie heraus, was dies für Folgen haben würde. Während das Haus zur Besichtigung für eventuelle Käufer zur Verfügung stehen musste, überredete Nick Laura fast, ihn zu ihr ziehen zu lassen, aber nach reiflicher Überlegung forderte sie ihn auf, im Haus zu bleiben. Sie meinte, erneut in denselben Teufelskreis gezogen zu werden, wie so oft zuvor. Wieder war er charmant und behandelte sie, als ob er sie verehre, aber der wahre Nick würde sich wieder zeigen, fürchtete sie. Er wurde sehr wütend, als sie seinen Plan ruinierte.

Sie erhielt das erste Verkaufsangebot für das Haus. Es war ein gutes Angebot. Es würde ihr eine große Summe an Profit erbringen, wie es in der Scheidung festgelegt war. Nick weigerte sich jedoch, den Deal zu unterschreiben. Nun hatte er seine Einstellung wieder einmal geändert, und dachte jetzt, dass er ebenso einen Teil des Profits verdiene, egal was in der Scheidungsurkunde steht. Wegen einer Klausel im texanischen Gesetz brauchte Laura seine Unterschrift für die Durchführung des Verkaufs, obwohl die Hypothek, also die finanzielle Verpflichtung, nur auf Lauras Namen ausgestellt war. Das war ihm möglich, weil sein Name noch in der Besitzurkunde stand. Er gab nicht nach. Er war gehässig und es wurde unmöglich, mit ihm zu verhandeln. Bald lief die Gültigkeit des Angebots ab und sie verlor den Käufer. Dies geschah insgesamt drei Mal. Jedes Mal hatte seine Weigerung, zu unterschreiben, dazu geführt, dass das Angebot ablief.

Im November rief er sie unerwarteter Weise wieder einmal an und sagte ihr beiläufig, dass er kurzfristig ausziehen und die Zahlungen nicht mehr leisten würde. Als er auszog, hinterließ er das schöne Haus äußerst schmutzig und verwahrlost. Er hatte fast alle Blumenbeete und den Springbrunnen im Garten zerstört und im Wohnzimmer ein Loch in die Wand geschlagen. In der Garage standen Mülltonnen voll mit stinkendem Müll, in dem schon Fliegenlarven hausten. Auch sein Sperrmüll war achtlos in der Garage zurückgeblieben. Er war offensichtlich wütend, dass sie nicht ein weiteres Mal auf ihn hereinfiel und bestrafte sie dafür, stark zu bleiben. Das Allerletzte, was sie jetzt noch tun würde nach all dem, was er ihr angetan hatte, war, ihn auch noch mit Geld zu belohnen, welches ihr gehörte. Eine liebe Freundin half Laura das Haus zu putzen und es wieder für Besichtigungen vorzubereiten. Sie brauchten einen ganzen Tag, um den Schaden zu beheben, den Nick angerichtet hatte. Aber es war zu spät: Die Hypothekenbank wollte auf kein weiteres Angebot warten, also ging es in die Zwangsvollstreckung über. Zu dem Zeitpunkt war es Laura aber schon egal. Sie war froh, dass sie dieses Mal nicht nachgegeben hatte. Ihre Bonität war zerstört, aber wenigstens ihre Würde war ihr noch erhalten geblieben.

Nachdem alles erledigt war, was ihr Haus betraf, kehrte endlich Frieden ein. Sie bekam viel Unterstützung von ihren Freunden und Kollegen und genoss ihr selbständiges Leben. Die Beziehung zu ihren Kindern verbesserte sich noch mehr, nachdem sie merkten, dass ihre Mutter endlich ihre Würde zurückerobert hatte und nicht mehr unter Nicks Bann stand. Sie versuchte auch die vielen Benachteiligungen wieder gut zu machen, die ihre Kinder erlebt hatten, solange

Nick noch in ihrem Leben gewesen war. Trotz allem was geschehen war, überraschte es sie sehr, wie lange sein Phantom in ihrem Kopf verweilte. Oft lag sie nachts wach und weinte aus Einsamkeit, weil sie sich nur an die schönen Zeiten erinnern konnte, die sie zusammen verbracht hatten. Trotz der Wunden, die diese krankhafte Beziehung hinterließ, verspürte sie eine Art Trauer um den Verlust eines Partners. Schließlich hatte sie dreizehn Jahre mit diesem Mann verbracht. Sie gestattete sich diesen Trauerprozess und im Laufe der Zeit merkte sie, dass eine Heilung stattfand. Aus der Erschöpfung nach der ewig scheinenden Unruhe gewann sie eines Tages Kraft und Selbstbewusstsein. Sie konnte ihre ganze Leidenschaft in ihre Arbeit stecken und zum ersten Mal in ihrem Leben fühlte sie sich als ganze Person. Jeden Abschnitt ihres neuen Lebens hatte sie sich selbst errungen und diese Erkenntnis gab ihr ein Selbstwertgefühl, das sie vorher nie kannte.

Nachdem sie letztendlich wieder Lebensfreude gefunden hatte, bekam sie mehr Heimweh nach Deutschland als je zuvor. Sie war jetzt fast fünfzig und begann zu überlegen, wie erfüllend die letzten Jahre in ihrem Beruf und in der Gesellschaft, in der sie lebte, sein würden. Sie hatte jetzt mehr als zwei Drittel ihres Lebens in diesem Land, so weit weg von ihrer einstigen Heimat verbracht und viele glückliche, aber auch unglückliche Tage erlebt. Sie war immer noch mit einigen ihrer Schulfreunde verbunden und nach jedem Besuch bei ihnen war es immer sehr schwer, wieder nach USA zurückzugehen. Sie sehnte sich nach der Lebensart in Deutschland, der wunderschönen Landschaft, dem köstlichen Essen, der Art, auf die Menschen dort viel mehr Wert auf Familie und Freizeit legten, als auf materielle Dinge. Sie war die verschwenderische Gesellschaft leid, in der sie ihrer Meinung nach lebte. Die Menschen in ihrem damaligen deutschen Zuhause schienen nicht so von Schulden versklavt zu sein, da sie eher sparten und warteten, als alles auf Kredit zu kaufen. Sie beneidete ihre Freunde, die von einem Sozialsystem erzählten, das wahrhaftig auch seine Bürger unterstützte; einem Gesundheitssystem, das jeden versicherte und hervorragende Gesundheitsfürsorge mit geringen Selbstbeteiligungskosten garantierte. Lebensmittel und Wohnungen waren viel günstiger. Ihre Freunde konnten sich mehrmals im Jahr schöne Urlaube leisten, aufgrund von Sozialleistungen, die bis zu dreimal so viel Urlaubszeit ermöglichten wie in den USA. Sie war es leid in einem Land zu leben, das vorgab, das Land der unbegrenzten Möglichkeiten zu sein, aber die Möglichkeiten kamen mit einem heftigen Preis und sie meinte, der Fokus der Menschen lag auf den falschen Dingen. Ja, es war Zeit zu versuchen, wieder heim zu gehen. Sie bewarb sich für mehrere zivile Auslands-Arbeitsstellen des US-Verteidigungsministeriums in Süddeutschland. Ihre Ausbildung und Arbeitserfahrung wurden mehrere Male als ausreichend für die Anforderungen der Stelle bezeichnet, aber sie kam nie in die engere Auswahl. Wie

könnte sie je wieder nachhause gehen? Für das Militär war sie jetzt zu alt. Es war hoffnungslos! Sie war
dazu verdammt, in Texas zu bleiben.

Robert

Lauras Tochter Abby hatte geheiratet und lebte nun mit ihrem Mann Colin in der Lakenheath Airforce Base in England. Im April 2012 war Laura bei ihnen zu Besuch, um Abbys zweiundzwanzigsten Geburtstag zu feiern. Es war ein glückliches Wiedersehen! Sie hatte sich sehr nach ihrer jüngsten Tochter gesehnt und sie verbrachten wunderschöne Tage damit, Norfolk zu bereisen. Sie besuchten Buckingham Palace, Westminster Abbey, Ely Cathedral, machten eine Schifffahrt auf der Themse, gingen einkaufen und aßen köstliches indisches Essen in Cambridge. Am Wochenende war ein Flug nach Stuttgart geplant. Colin und Abby liebten Stuttgart. Sie genossen gutes schwäbisches Essen im Biergarten, saßen im Café bei Kaffee und Kuchen, besichtigten Schlösser und gingen aufs Volksfest, um frisch gebrautes Bier zu trinken und Bratwurst zu essen. Sie besuchten Lauras Freunde und Familie und spazierten durch den Schlossgarten, wie es Laura als Kind so oft getan hatte. Sie hatten viel Spaß. Wie immer war es sehr schwierig für Laura, sich von Deutschland zu verabschieden. Wie sehr würde sie es lieben, wieder hier zu wohnen!

Sie war gerade am 28. April wieder in Dallas angekommen, als sie eine Nachricht auf ihrer Facebook-Seite bemerkte. Jemand mit dem Namen Robert Jonas hatte sich in ihrem Profil als Familienmitglied markiert. Lauras Atem stoppte kurz. Das war der Name ihres Bruders, den sie seit dem Tode ihrer Großeltern vor dreißig Jahren aus den Augen verloren hatte. Während des Umzugs nach der Scheidung von Diego hatte sie Roberts Adresse verloren und es gab niemanden mehr, der ihr helfen konnte, ihn wiederzufinden. Sie dachte, sie hätte ihn für immer verloren. War er es wirklich? Vorsichtig, um sicher zu sein, dass er es war, schrieb sie eine Nachricht zurück: „Kenne ich dich?"

Am nächsten Tag kam eine Antwort „Sagt dir Margarethe und Arthur Friedrich und Friedhofstraße 85 etwas?"

Sofort wusste sie, dass er es war. Er kannte die Namen ihrer Großeltern und die Adresse, wo sie ihr ganzes Leben gewohnt hatten und wo Laura aufgewachsen war. Sie war begeistert. Ihr Bruder hatte sie nach all den Jahren wiedergefunden! Umgehend begann sie einen Chat mit ihm. Er schien genauso glücklich zu sein wie sie, dass er seine große Schwester gefunden hatte. Sie erzählten sich alles über ihre Leben, seit sie den Kontakt verloren hatten. Es gab so viel nachzuholen! Er schickte ihr Bilder von seinen zwei Kindern und seiner Frau. Laura schickte ihm Bilder von ihren vier Töchtern. Sie skypten ab und zu und lernten sich so besser kennen. Dadurch, dass sie Erinnerungen über ihre Großeltern austauschten, entwickelte sich eine neue, sehr innige Verbindung zwischen den beiden Geschwistern.

Da Roberts Mutter erst geheiratet hatte, als er achtzehn war, wuchs er als Einzelkind auf und hatte sich oft nach seiner Schwester gesehnt, nachdem sie den

Kontakt verloren hatten. Vor allem konnte er einfach nicht verstehen, was mit ihr geschehen war. Ein paar Mal probierte er verschiedene Suchmaschinen im Internet aus, um sie zu finden, aber da er ihren aktuellen Ehenamen nicht kannte, kam nie etwas dabei heraus. Nach ihrer Scheidung von Nick hatte sie ihren Mädchennamen wieder angenommen und endlich, als er es unter diesem Namen noch einmal versuchte, fand er sie schließlich.

Irgendwann fragte Robert seine Schwester „Warum bist du eigentlich nie wieder nachhause gekommen?"

Laura antwortete „Ich wollte es schon ewig! Ich habe jeden Mann, mit dem ich verheiratet war, darauf angesprochen, ob er es sich vorstellen könnte, aber keiner von ihnen war je daran interessiert. Ich hatte mir sogar überlegt, ob ich in das Militär eintreten soll, damit ich günstiger nach Europa reisen oder vielleicht sogar näher an Zuhause stationiert sein könnte. Vor kurzem habe ich mich auch um eine zivile Stelle beim Verteidigungsministerium beworben, aber es klappt alles nicht. Ich weiß nicht, was ich sonst noch tun könnte!"

Er fragte sie „Würdest du wirklich wiederkommen, wenn du könntest? Möchtest du wieder zurückkommen?"

Ohne darüber nachzudenken, antwortete sie nachdrücklich „Sofort! Ich würde es mir nicht einmal überlegen müssen!"

Er sprach weiter „So, was hält dich davon zurück?"

„Ich brauche eine Arbeitsstelle. Das ist alles" erwiderte sie.

Robert antwortete „Na, das kann ja nicht so schwer sein! Krankenpflegerinnen sind hier sehr gefragt! Sie holen sie von überall her; aus allen möglichen europäischen Ländern. Ich bin mir sicher, dass sie auch dich wollen! Ich werde dir ein paar Links von den führenden Krankenhäusern hier in Stuttgart schicken. Bewirb dich einfach online und schau mal was passiert."

Laura war enthusiastisch! Wenn man ihm so zuhörte, schien es einfach, aber vor allem – machbar. Sie platzte fast vor Hoffnung und Erwartung. War dies wirklich eine Gelegenheit, wieder in ihr geliebtes Stuttgart zurückzukehren?

Bald erhielt sie E-Mails von Robert mit den Links zum „Robert-Bosch-Krankenhaus", „Katharinen-Hospital" und der „Filderklinik". Laura spürte einen kurzen Schmerz in ihrem Herzen: Das Robert-Bosch-Krankenhaus war das Krankenhaus gewesen, in dem Ihre Oma vor 29 Jahren gestorben war. Sie war seitdem nie wieder dort gewesen, aber konnte niemals das große Krankenhaus vergessen, das hoch auf dem Berg und mitten in den wunderschönen Weinbergen lag, wo sie ihre liebe Oma zuletzt gesehen hatte. Es war dort, wo sich die Krankenschwestern liebevoll um sie gekümmert hatten, bis sie so friedlich gestorben war. Der Name hatte jetzt schon etwas Besonderes.

Sie bewarb sich bei allen drei Krankenhäusern online und reichte ihren Lebenslauf auf Englisch ein, fragte sich aber, ob sie es so akzeptierten, oder ob sie eine deutsche Übersetzung erbitten würden. Innerhalb von drei Tagen reagierten alle drei Personalabteilungen mit großem Interesse. Die einstimmige Rückmeldung war, dass sie den Lebenslauf auf Deutsch bevorzugten und auch ein übersetztes Studienbuch von der Universität und eine Beglaubigung ihrer staatlichen Lizenz benötigten. Das klang ernst! Nun hatte sie sehr viel zu erledigen. Dank der Computertechnologie war es einfach, ihre alte Universität zu kontaktieren, um ihr Studienbuch von Januar 1985 – Dezember 1987 zu erbitten. Das Oklahoma Board of Nursing bestätigte ihre Lizenzerteilung vom April 1988. Sie fand eine staatlich anerkannte Übersetzerin, die ihr Studienbuch und alle weiteren Dokumente übersetzte und beglaubigte. Robert und sein Schwager halfen ihr, den Lebenslauf zu übersetzen. Sie schickte alle Dokumente ab und wartete.

In der Zwischenzeit erblühte ihre neue, wiederaufgeflammte Beziehung zu ihrem Bruder. Bald entwickelte sich eine Seelenverwandtschaft zwischen ihr und Robert. Er schien ein netter, intelligenter, ausgeglichener, sanftmütiger Mann zu sein, der eine liebevolle Familie hatte. Er hatte Physik studiert und arbeitete für eine internationale Firma, die Hochgeschwindigkeitsbahnsysteme und Fernzüge produzierten, und daher sprach er fließend Englisch. Sie war sehr stolz auf ihn. Bald kam eine Antwort nach der anderen zurück: Sie wollten alle, dass sie zu einem Vorstellungsgespräch komme, wenn sie nächstes Mal wieder in Deutschland sei. Es war gerade Juni. Ihr Urlaub in Stuttgart im September war schon geplant. Sie gab allen Personalabteilungen den Zeitraum bekannt, in dem sie dort sein würde. Alle drei Krankenhäuser boten Termine für ein Vorstellungsgespräch in diesem Zeitraum an. Laura konnte es kaum fassen! Würde sie tatsächlich eine Stelle bekommen und wieder nach Stuttgart ziehen können? Ihre Freude war riesengroß. Und all das hatte sie ihrem verlorengegangenen Bruder zu verdanken, der sie auf Facebook wiedergefunden hatte. In solch kurzer Zeit hatte er ihr seine Liebe bewiesen, indem er ihr mit dem half, was ihr am Meisten bedeutete. Die Welt war wahrhaftig klein und das Internet brachte Bruder und Schwester abermals zusammen und würde sie vielleicht nach all diesen Jahren wieder nachhause bringen.

Laura kam am 28. September in Deutschland an. Wie immer strahlte ihr Herz, als sie das Wort „Stuttgart" am Flughafengebäude sah, während der Jet zum Flugsteig rollte. Dieses Wort hatte solch eine wohltuende Wirkung auf Laura. Heute würde sie ihren Bruder zum erste Mal nach mehr als 30 Jahren sehen. Er war ihr so eine große Hilfe gewesen, ihren Lebenslauf zu übersetzen, mit dem Regierungspräsidium in Verbindung zu stehen und sie bei der Ausländerbehörde zu vertreten, so dass sie ihre Arbeitsgenehmigung erhielt. Gerade an jenem Tag war ihre deutsche Gesundheits- und Krankenpfleger-Urkunde per Post bei ihm angekommen und er würde sie Laura überreichen, wenn sie eintraf. Genau diese Urkunde war es, die ihren Traum wahrmachen würde. Sie war bereit für ihr Vorstellungsgespräch und dafür, ihren kleinen Bruder wiederzusehen.

Sie lief gerade durch die Gepäckannahme, nachdem sie ihre Koffer wiederbekommen hatte, als sie ihn entdeckte. Er war ein 1,90 Meter großer, schlanker Mann mit fast kahl rasiertem Kopf, der noch einen Hauch von einst roten Haaren entdecken ließ. Seine Augen waren genauso himmelblau wie Lauras. Als sie sich das erste Mal seit ihrer kurzen Begegnung vor dreißig Jahren in die Arme fielen, rollten Laura Freudentränen über das Gesicht. „Es tut mir so unendlich leid, dass ich dich verloren hatte! Ich wollte dir nie weh tun! Vielen Dank, dass du nach mir gesucht hast!"

Er hielt sie eine ganze Weile fest und antwortete „Jetzt ist ja alles gut! Jetzt bist du hier! Bist du bereit, Arbeit zu finden?" Er lächelte sie an und legte seinen Arm um sie. Arm in Arm verließen sie die Halle und liefen zu seinem Auto. Er brachte sie zu einem Hotel in der Nähe des Flughafens, wo sie ein Zimmer für sich und Abby gemietet hatte, die später am Nachmittag aus England eintreffen sollte. Fast feierlich überreichte er ihr die Krankenpfleger-Urkunde, die für die Vorstellungsgespräche so wichtig war. Nun stand einem erfolgreichen Vorstellungstermin nichts mehr im Wege. Er ließ sie dann allein, um ihr etwas Zeit zum Schlafen und Auffrischen zu geben, bevor er sie später fürs erste Interview abholen würde. Obwohl sie unter Jetlag litt, konnte sie vor Aufregung nicht schlafen. Als erstes nahm sie ein langes, gemütliches Schaumbad, um ihren Körper vom anstrengenden Flug zu entspannen. Dann wählte sie ihre Bekleidung für später aus: einen business-mäßigen schwarzgrauen Wollrock, einen cremefarbigen Pullover, schwarze Stiefel und einen schwarzen Blazer. Ihre langen braunen Haare fielen weich über ihre Schultern. Sie hatte einen Ordner mit all den Dokumenten vorbereitet, die von der Personalabteilung erfragt wurden.

Robert kam, um sie abzuholen, und sie fuhren ins Robert-Bosch-Krankenhaus. Unterwegs gab er ihr einige Ratschläge, wie sie bestimmte Fragen effektiv beantworten und ein gutes Vorstellungsgespräch führen könne. Als sie die kurvenreiche Straße entlangfuhren, die durch die Weinberge zum Krankenhaus führte, wurde sie auf einmal zunehmend nervöser. Sie kamen oben am Weinberg an und fuhren in den Kreisverkehr vor dem Krankenhaus. Plötzlich wurde ihr schwindelig und übel. Sie spürte, wie eine Panikattacke über sie kam und hatte Atemnot. Sie sah den Turm mit den Buchstaben „RBK" und erlebte einen Flashback zurück in die Zeit, in der sie ihre Oma hier zum letzten Mal besucht hatte. Eine machtvolle Präsenz schien über diesem Gebäude zu schweben. Alles was ihr so viel bedeutete, würde hier jetzt entschieden werden. Sie schaute ihren Bruder an, der sofort ihre Panik erkannte. Er nahm ihre Hand und sagte „Hole tief Luft. Langsam. Atme. Hab keine Angst! Du schaffst das!"

Sie spürte, wie die Panik nachließ, als sie tief durchatmete. Dann nahm sie Robert in den Arm und verließ darauf sein Auto voller Selbstvertrauen und Zuversicht. „Genau. Ich schaffe das" versicherte sie sich. Sie wünschte sich das mehr als alles andere auf der Welt und sie würde es verwirklichen.

Frau Lauber war freundlich und Laura fühlte sich auf Anhieb wohl in ihrer Gegenwart, als sie ihr einen Stuhl in ihrem Büro anbot. Sie führte das Vorstellungsgespräch sehr ungezwungen, indem sie Laura zuerst aufforderte, einfach von sich selbst zu erzählen. Laura fing an, von ihrer Auswanderung im Alter von sechzehn zu sprechen, ihrer Krankenpfleger-Lehre, ihrem Studium, um examinierte Krankenpflegerin zu werden, und die Jahrzehnte, in denen sie in vielen verschiedenen Fachgebieten der Pflege gearbeitet hatte. Während sie ihr zuhörte, spürte Frau Lauber Lauras Leidenschaft, die sie für ihren Beruf empfand, und auch die offensichtliche Sehnsucht, wieder in ihre Heimat zurückzukehren. Sie lächelte freundlich, als Laura stolz von ihren Kindern und Enkelkindern erzählte. Dann fragte sie Laura, ob sie bereit wäre, auf einer Station Probe zu arbeiten, die eine offene Stelle habe. Dann könnte sie beurteilen, ob es für Laura in Frage käme, dort zu arbeiten. Laura war enthusiastisch. So konnte sie sich ein wenig hineinfühlen, wie man in Deutschland in der Pflege arbeitet. Sie war gerne bereit, etwas Zeit ihres Urlaubs zu opfern, um dadurch eine sehr gut überlegte Entscheidung treffen zu können, bevor sie wieder nachhause fliegen würde. Sie einigten sich auf zwei Probetage noch in derselben Woche. Sie würde einen Vormittag auf einer chirurgischen Überwachungsstation und einen weiteren Vormittag auf einer Intensiv-Station in der Lungenklinik „Schillerhöhe" verbringen, die ebenfalls zum Robert-Bosch-Krankenhaus gehörte. Laura verließ das Gespräch sehr ermutigt und voller Vorfreude.

Sie verbrachte den Rest des Tages damit, im Zentrum von Stuttgart spazieren zu laufen, bis Abby mit einigen Stunden Verspätung aus London eintraf. Ihr Flugzeug hatte mechanische Probleme gehabt. Nachdem sie im Stanstead Flughafen aufgehalten wurde, konnte sie sich endlich acht Stunden später ihrer Mutter anschließen. Sie erfrischten sich im Hotel und zogen beide ihre Dirndl an. Ganz aufgeregt machten sie sich auf den Weg zum Stuttgarter Volksfest. Lauras Bekannter Mark und sein bester Freund Carl, die beide in Dallas wohnten, waren zu dieser Zeit ebenfalls in Stuttgart. Sie hatten die beiden Damen eingeladen, zu ihnen ins Bierzelt zu kommen. Für Abby war dies das erste Mal, auf einem deutschen Volksfest zu sein und ein Bierzelt zu erleben. Die Musik, das Essen, das Tanzen auf den Bänken, das frisch gebraute Bier, die Frauen in Dirndl, die Männer in Lederhosen und die ausgelassene Stimmung waren ein einmaliges Erlebnis für Abby.

Einer der Gäste an ihrem Tisch im Zelt war Carls Cousin Oliver. Er war Flugbegleiter bei der Lufthansa. Laura erzählte ihnen allen vom Vorstellungsgespräch, das sie vor wenigen Stunden im Krankenhaus hatte, und von ihrer Hoffnung, wieder in ihre Heimat zurückzukehren. Oliver fand ihren Plan toll und bot an, ihr durch seine Verbindungen zu helfen, falls nötig. Sie tauschten Telefonnummern aus und er schlug vor, in Kontakt zu bleiben. Er wohnte nicht weit entfernt vom Robert-Bosch-Krankenhaus.

In den nächsten Tagen hatte Laura noch ein weiteres Vorstellungsgespräch im Katharinenhospital. Sie sprach dort mit der freundlichen Personalreferentin, die eine Stelle auf der Intensiv-Station anzubieten hatte. Diese reizte Laura jedoch nicht sonderlich, denn die ganze Zeit musste sie immer wieder ans Robert-Bosch-Krankenhaus denken. Sie hatte sich dort vom ersten Moment an wohl gefühlt und hatte das Gefühl, dass es ihr schon irgendwie ans Herz gewachsen war.

Das Team auf der chirurgischen Überwachungsstation beeindruckte sie sehr. Sie waren eine sich sehr vertraute Gruppe kompetenter Krankenpfleger und Krankenpflegerinnen und ein gut funktionierendes Team. Nachdem sie die beiden Probetage abgeschlossen hatte, wie es geplant war, traf sie sich wieder mit Frau Lauber. Laura war sehr gespannt herauszufinden, ob ihre Begeisterung auf Gegenseitigkeit beruhte. Und das tat sie. Sie konnte es zuerst nicht glauben, als Frau Lauber sagte „So, wann wären Sie dann bereit umzuziehen?"

Sie war von dieser Frage so überrascht, dass sie erst einmal keine Antwort geben konnte. Wann wäre sie bereit hier herzuziehen? Das bedeutete, dass sie ihr die Stelle anbot. Sie stotterte etwas, denn sie hatte sich eigentlich noch keine Antwort auf diese Frage überlegt. Dann antwortete sie „Nun, meine Tochter erwartet am 13. Dezember ihr erstes Kind, also muss ich bis dann auf jeden Fall dortbleiben, aber nachdem mein Enkelkind auf die Welt gekommen ist, denke ich, dass ich bereit wäre."

Frau Lauber lächelte und stimmte Laura zu, dass die zukünftige Oma dieses Ereignis auf keinen Fall verpassen solle und schlug vor „Wie wäre es, wenn Sie dann am 2. Januar 2013 hier anfangen würden? Da es in USA nicht üblich ist, Arbeitszeugnisse auszustellen, kann ich Ihnen ein Angebot anhand ihres Lebenslaufes machen und Sie aufgrund ihrer Berufsjahre in die höchste Gehaltsstufe einteilen."

Dann bestätigte sie das Grundgehalt, Zulagen, 30 Tage Urlaub pro Jahr, dreizehn bezahlte Feiertage pro Jahr und eine zusätzliche Firmenrente. Sie würde in einer gesetzlichen Krankenkasse versichert sein und hierfür 14 % ihres Gehaltes bezahlen, da ihr Arbeitgeber 50 % des Beitrags bezahlen würde. Ihr unbegrenzter Arbeitsvertrag würde ihr automatisch eine Arbeitserlaubnis und Aufenthaltserlaubnis garantieren. Laura strahlte vor Begeisterung. In ihrem

ganzen Leben hatte sie noch nie solch umfangreiche
Sozialleistungen erhalten. Völlig überwältigt begann
sie zu weinen. Frau Lauber schaute sie verständnis-
voll an, denn sie konnte nachvollziehen, wie glücklich Laura in diesem Moment war. Sie verabschiedeten sich mit einem Handschlag und setzten einen Termin fest, an dem Laura wiederkommen sollte, um
den Vertrag zu unterzeichnen. Es war ein glücklicher
Tag! Sie verließ das Krankenhaus, als ob sie auf Wolken lief. Ihr Traum, nachhause zu kommen, war
Wirklichkeit geworden. Dieses Krankenhaus und
diese Frau hatten es möglich gemacht. Und ihr Bruder! Sie war unbeschreiblich dankbar. Sie wusste
doch, dass dieses Haus etwas Besonderes hatte!

Robert war überaus stolz, als er vom Erfolg seiner
Schwester hörte. „Siehst du, ich habe doch gesagt, du
schaffst das!" sagte er und drückte sie fest an sich.

All die harte Arbeit, die sie in den letzten Monaten
geleistet hatten, hatte sich ausgezahlt.

Als Laura wieder in Dallas ankam, war ihr klar, dass
sie noch sehr viel vor sich hatte. Während der nächsten drei Monate verbrachte sie mehrere Stunden täglich damit, ihren Umzug zu planen. Eine Übersee-
Spedition für ihren Haushalt und ihr Auto zu finden
erwies sich als mühsam und würde auch sehr teuer
werden. Es sollte insgesamt 5000 Dollar kosten. Das
waren all ihre Ersparnisse. Dann musste sie all ihre
Möbel verkaufen, die sie nicht mitnehmen wollte, um
noch höhere Umzugskosten zu vermeiden. Einige ih-

rer Freunde hatten Interesse an mehreren ihrer Sachen und was nicht verkauft werden konnte, bekamen ihre Töchter. Sie benötigte ein gutes Organisationstalent, um ihren Haushalt in drei Kategorien zu verpacken: Das, was aufs Schiff kommen sollte, das, was sie mit nach Oklahoma nehmen musste, um es ihren Töchtern zu vermachen und das, was sie im Flugzeug nach Deutschland mitnehmen würde. Ihr Haushalt und Auto würden drei Monate auf dem Schiff sein, also brauchte sie alles für den Winter in Deutschland im Koffer.

Ungefähr einen Monat, nachdem sie wieder zuhause in den Staaten war, traf eine E-Mail vom Robert-Bosch-Krankenhaus ein, welche ihr mitteilte, dass eine Wohnung im Schwestern-Wohnheim gerade zur rechten Zeit frei geworden war. Was für eine Erleichterung! Das bedeutete, dass sie sich nicht auch noch online eine Wohnung suchen musste, sondern gleich in ein möbliertes Apartment ziehen könnte. Das würde vieles um einiges einfacher machen. Es schien sich einfach alles von selbst zu ergeben.

Am 12. Dezember, einen Tag früher als angekündigt, wurde ihr vierter Enkelsohn geboren, das Kind ihrer Tochter Rachel und ihres Schwiegersohns Chris. Laura war zu Tränen gerührt, als Chris seinen Namen bekannt gab: Michael Arthur McKee. Er war nach seinem Ur-Großvater Michael und Ur-Ur-Großvater Arthur benannt. Ihre Tochter und ihr Mann konnten ihr aus Liebe kein schöneres Geschenk machen, als ihren Sohn nach Lauras Opa zu nennen. In diesem Moment war Laura wieder einmal dankbar für die bedingungslose Liebe ihrer Kinder und ihre tiefe, liebevolle Beziehung, die sie hatten.

Am 15. Dezember gab es eine Abschiedsparty für ihre engsten Freude in Dallas. Es war ein bittersüßer Anlass. Freunde und Kolleginnen kamen, mit denen sie schon viele Jahre befreundet war. Es war unheimlich schwer für Laura, sich zu verabschieden. Weil ihre Freunde sie sehr gut kannten, verstanden sie auch, wie wichtig es ihr war, in ihre Heimat zurückzukehren. Obwohl sie Laura sehr vermissen würden, freuten sie sich sehr für sie. Während ihrer Abschiedsrede, die von ganzem Herzen kam, reflektierte sie die vielen Jahre ihrer engen Freundschaft und es gab viele Tränen.

Jetzt war sie bereit zu gehen. Als sie im Begriff war, ihre Wohnung zu verlassen, fühlte sie sich, als ob sie mehr als nur eine Behausung verlassen würde. Ihr Abenteuer in Amerika neigte sich dem Ende zu. Ihre Kisten und ihr Auto sollten zum Houston Harbor gebracht werden und würden Deutschland zum einen Teil über Rotterdam und zum anderen Teil über Bremerhaven erreichen. Diego wohnte schon seit einer Weile in Houston, er kam aber jeden Monat mit seinem Sohn nach Oklahoma wegen dessen Militär-Trainings. Er hatte Laura angeboten, ihr Auto und einen Anhänger voll mit ihren Kisten auf seiner Heimreise aus Oklahoma nach Houston mitzunehmen und am Hafen abzuliefern. Laura war dankbar für dieses

Angebot, weil es ihr eine Reise nach Houston ersparte.

Nachdem sie alles aufgeladen hatten und zur Abreise bereit waren, standen sich Laura und Diego gegenüber. Sie schaute in die ihr vertrauen Augen, in die sie sich vor fünfunddreißig Jahren verliebt hatte. Die Jahre hatten ein paar Spuren in seinem Gesicht hinterlassen, aber nach all dieser Zeit spürte sie noch immer eine unglaublich starke Verbindung zu ihm. Sie hatten so viel durchgemacht und nun war er derjenige, der ihr zuletzt half, ihr Abenteuer zu beenden. „Also dann!" sagte er, „Du gehst nachhause! Es waren gute fünfunddreißig Jahre!"

Diese Worte sagte er mit seinem allzu vertrauten Lächeln. Sie umarmten sich mit einer unausgesprochenen Verbundenheit, die nur sie verstanden. Es war eine Verbundenheit zweier Seelen; nicht durch eine romantische Liebe, sondern einer familiären Liebe, die durch drei wundervolle Töchter zusammenhielt und nun auch durch vier Enkelkinder. Sie war froh, dass er derjenige war, der seinen Segen über ihren neuen Lebensabschnitt aussprach. Sie verließ nicht nur ihre Arbeitsstelle, ihre Kollegen, ihre Freunde, sondern vielmehr als das – ihre Kinder und Enkelkinder. Sie wusste, dass ihre Kinder und auch Diego ihre Sehnsucht verstanden. Es beruhigte sie zu wissen, dass er sie alle gut im Auge behalten würde, nachdem sie gegangen war.

Ihre Beziehung zu ihren Kindern war jetzt wieder sehr eng geworden und sie wusste, dass Entfernung keine Rolle spielen würde im Vergleich zu der Nähe, die in ihren Herzen bestand. Sie würde sich nach ihren Enkeln sehnen, da sie so schnell aufwachsen würden, aber sie nahm sich fest vor, regelmäßig zu Besuch zu kommen. Sie dachte darüber nach, wie schwierig es gewesen war, soweit und solange von ihrer Familie entfernt gelebt zu haben. Jetzt würde es einfach eine Weile umgekehrt sein. Wieder spürte sie den Schmerz ihres geteilten Herzens. Wenn sie das nur damals mit sechzehn gewusst hätte, als ihr Abenteuer begann...

Wieder zuhause

Nachdem Laura die letzten Tage mit ihren Töchtern und Enkelkindern verbracht hatte, war die Zeit für ihre Abreise gekommen. Am 19. Dezember brachte ihre Tochter Diana mit ihren drei Jungs sie zum Oklahoma City Flughafen. Laura war so froh darüber, wie Diana es akzeptierte, dass ihre Mutter sie verließ. Nur die wahre Liebe einer Tochter machte es möglich, ein solches Opfer zu bringen, damit ihre Mutter frohen Herzens gehen konnte. Sie war für das Verständnis ihrer Töchter dankbar und bestieg das Flugzeug selbstsicher und ohne zu zögern. Sie wusste, dass es für sie das Richtige war. Mit einundfünfzig war sie bereit, ein neues Leben zu beginnen und war zufrieden, dass ihre Arbeit in ihrer zweiten Heimat vollendet war.

Um acht Uhr dreißig landete sie in Stuttgart. Nachdem sie die Gepäckausgabe verlassen hatte, suchte sie abermals nach ihrem Bruder Robert, der wiedergekommen war, um sie abzuholen. Sie entdeckte den großen Mann mit lichtem roten Haar genau wie das letzte Mal im September. Er lächelte ihr entgegen und sie fielen sich in die Arme. Laura umarmte ihn ganz fest, während ihr Tränen die Wangen herunter kullerten. Dieses Mal waren es nur Freudentränen. „Wir haben es geschafft!" sagte sie zu ihm. „Wir haben es tatsächlich geschafft! Vielen, vielen Dank, dass du es verwirklicht hast!" dankte sie ihrem Bruder.

Als er ihre Dankbarkeit wahrnahm, entgegnete er „Du bist doch diejenige, die es geschafft hat! Du hast dich gut verkauft und die Stelle bekommen! Du bist toll!"

Die beiden genossen den Moment eine kurze Weile und waren sich sicher, dass dies der Anfang einer schönen Beziehung war und eine Chance, um vieles Versäumtes nachzuholen. Es war der 20. Dezember und dies war das schönste Weihnachtsgeschenk, das Laura je erhalten hatte. Robert brachte seine Schwester zu ihrem neuen Apartment im Wohnheim des Krankenhauses. Sie ging zur Pforte, um ihren Schlüssel abzuholen und lief zum Apartment Nr. 415. Es war entzückend! Die Möbel waren alt, aber gemütlich. Die ganze hintere Wand im Wohnzimmer bestand aus einem Fenster und einer Balkontür, die viel Licht in die kleine 25 Quadratmeter Wohnung ließen. Die Einbauküche war kompakt, enthielt einen kleinen Kühlschrank, einen Herd mit zwei Kochfeldern und genügend Küchenschränke. Es gab alles, was sie brauchte. Am Ende der Küchenschränke befand sich ein Kleiderschrank. Im Wohnzimmer gab es eine Nische für ein Einzelbett. Es gab eine Couch, einen Sessel, einen Bürotisch und eine Kommode. Das Bad war ausreichend groß und hatte eine wunderbar lange und tiefe Badewanne. Sie war sogar groß genug, dass Laura ihre langen Beine darin ausstrecken konnte! Sofort fühlte sie sich in ihrer neuen Umgebung wohl. Sie warf sich aufs Bett, verspürte unglaubliche Erleichterung und hatte ein Gefühl der Erfüllung. Sie hatte es wirklich geschafft! Von diesem Moment

hatte sie so lange geträumt und nun war er tatsächlich gekommen!

Morgen würde ein großer Tag sein. Ganz früh morgens hatte sie einen Termin beim Ausländeramt, um
ihre Arbeitserlaubnis und ihre Aufenthaltsgenehmi-
gung für ein Jahr abzuholen. In einem Jahr würde sie
eine Verlängerung beantragen, die von ihrer weiteren Beschäftigung im Robert-Bosch-Krankenhaus abhängig war. Sie hatte einen unbefristeten Arbeitsvertrag erhalten und so lange sie ihre sechsmonatige
Probezeit bestehen würde, war es garantiert, eine
Verlängerung zu erhalten. Trotz Jetlag konnte sie
nicht entspannen oder sich ausruhen, sondern sie
räumte ihre Koffer aus und füllte den Schrank mit ihren Kleidern. Nun wollte sie mit dem Bus in die Stadt
fahren, um ein paar wichtige Dinge zu kaufen, wie
zum Beispiel Teller, Gläser, Lebensmittel und anderes, das ihr Apartment in ein Zuhause verwandeln
würde. Darin war sie ja geübt!

Während sie die Königsstraße entlanglief, wo das
Geschäftsviertel des Zentrums lag, überkam sie ein
Gefühl von Freude und Behaglichkeit, als sie dem
Hauptbahnhof entgegen schaute und den Mercedes-
Stern ganz oben auf dem Bahnhofsturm sah. Sie hatte
Kindheitserinnerungen, in denen ihre Oma stolz von
ihrem Papa erzählte, der anscheinend dabei war, als
er im Jahre 1952 installiert wurde. Er hatte schon da-
mals bei den Technischen Werken der Stadt Stuttgart
gearbeitet. Der Stern wurde während des Wiederauf-

baus nach den Bombardierungen im Zweiten Weltkrieg ein Kennzeichen der Stadt und würdigte die wichtige Rolle, die Daimler-Benz in deren Geschichte gespielt hatte. Ihr ganzes Leben war sie auf diese Erzählung ihrer Oma stolz gewesen und sie wusste immer, wenn sie den Stern sah, dass sie zuhause war.

Als sie an jenem Abend endlich erschöpft ins Bett fiel, schlief sie fest und friedlich und war zufrieden mit ihrem ersten Tag in ihrer alten Heimat. Einer der ersten Ausflüge, die sie in den nächsten Tagen machte, führte sie zum Friedhof, wo ihre Oma, Opa, Papa und Stiefmutter lagen. Ingrid war vor acht Jahren gestorben. Laura hatte erst am Tage der Beerdigung davon erfahren. Ihre Tante hatte sie angerufen, um es ihr zu sagen. Laura war gerade nach Dallas umgezogen und ihre Geschwister Phillip und Becky hatten ihre neue Telefonnummer noch nicht, um sie anzurufen. Sie war traurig gewesen, erst davon zu erfahren, als es schon zu spät war, zur Beerdigung zu gehen. Als sie ihre Geschwister anrief, um ihr herzlichstes Beileid auszusprechen, dachte sie, dass sie dies verstehen würden. Laura kannte nicht den Grund, warum beide nach Ingrids Tod den Kontakt abgebrochen hatten. Nach vielen Jahren Funkstille hatte Laura ihre Schwester angerufen und sie deswegen angesprochen. Becky gab als Grund an „Du bist ja nicht einmal zur Beerdigung gekommen."

Das war das letzte Mal, dass sie miteinander gesprochen hatten. Becky hatte anscheinend vergessen, dass Laura zu spät davon erfahren hatte, trug es ihr aber offensichtlich nach. Den Kontakt mit ihren Geschwistern von jenem Tag an zu verlieren, hatte sie für viele Jahre schmerzlich getroffen.

Als Laura sich dem Grab näherte und nun die Namen auf dem Grabstein lesen konnte, war sie von Trauer überwältigt. Es wurde ihr in diesem Moment erst richtig bewusst, dass ihre ganze Familie hier begraben lag. Abgesehen von ihrem Bruder Phillip gab es keine Friedrichs mehr, außer ihr selbst. Sie kniete sich nieder, als ihr Blick über die Namen Arthur, Margarethe, Eugen und Ingrid Friedrich streifte. Sie war schon so lange von zuhause weg. Fünfunddreißig Jahre lang hatte sie auf der anderen Seite der Welt gelebt. Jedes Mal, wenn sie auf Besuch hier war, kam sie zum Grab, aber dieses Mal hatte es eine tiefere Wirkung auf sie als zuvor. In ihrer Kindheit hatte sie so verzweifelt versucht, ihrer Stiefmutter und später ihrer leiblichen Mutter gefällig zu sein, um geliebt zu werden; aber die Einzigen, die ihr wahre Liebe schenkten, lagen in diesem Grab vor ihr: Ihr Papa, Opa und Oma. Sie fing an zu weinen und Schreie kamen aus der Tiefe ihres Herzens „Warum seid ihr alle hier? Jetzt bin ich endlich wieder da. Ich bin zurückgekommen, aber ihr seid jetzt alle weg! Ich will, dass ihr zu mir zurückkommt! Das Einzige, was ich noch habe, ist dieser blöde Stein mit euren Namen, aber ich brauche euch. Es ist nicht dasselbe hier ohne euch! Es tut mir so leid, dass ich euch verlassen habe Oma und Opa, aber Papa, warum hast du mich verlassen müssen?"

Ihre Tränen flossen auf die Erde und tränkten die Blumen, die auf dem Andenken derer wuchsen, wegen denen ihr Herz so schmerzte. Sie war zurückgekommen, um Frieden und Ruhe zu finden, aber sie empfand nur Sehnsucht nach ihnen.

Am Todestag ihres Vaters, dem 29. November 2013, schrieb Laura wieder einmal die Worte ihres Herzens in Form eines Gedichts:

Stumme Schreie

Heute vor 39 Jahren hast Du mich verlassen

ganz plötzlich

und ohne dich zu verabschieden.

Da lagst Du

stumm und friedlich

und meine Schreie brachten Dich nicht zurück.

Ich hoffte der Schmerz würde besser werden

nach so vielen Jahren

aber noch immer will ich Dir so viel erzählen

will Dir Deine hübschen Enkeltöchter zeigen

und welch bewundernswerte junge Frauen sie sind

will Dir meine Enkelsöhne zeigen,

auf die Du so stolz wärst

will mein Leid mit Dir teilen und meine Freuden

an Deiner Schulter weinen, wenn mir

das Herz gebrochen wird;

Dir erzählen, wenn ich mich verliebe.

Will Dir sagen, dass ich nach so langer Zeit in der Fremde

wieder nachhause gekehrt bin.

Aber Du bist da unten

wo ich Dich nicht berühren kann

und Dir noch einhundert Mal sagen kann,

wie sehr ich Dich liebe

weil ich nicht dazu kam

denn Du konntest meine Schreie nicht hören...

Ihre erste Weihnachtszeit in Deutschland war herrlich. Zusammen mit Robert und seiner Familie ging sie auf den Weihnachtsmarkt. Sie tranken Glühwein und aßen Germknödel mit Vanillesoße. Es herrschte eine feierliche Stimmung auf dem Marktplatz und das Einzige was zu einem perfekten Weihnachten fehlte, war Schnee. Aber der kam einen Tag später, trotzdem noch rechtzeitig, um Stuttgart in ein wunderschönes Winter-Zauberland zu verwandeln. Sie machte einen Spaziergang durch die Weinberge unmittelbar vor ihrem Wohnheim, als der Schnee sanft rieselte. Ihr Glück schien vollkommen, als sie die großen Buchstaben „RBK" an dem Turm sah, der so stolz auf dem Hügel stand. Sie hatte Tränen in den Augen, als eine Fremde sie beim Vorbeilaufen anlächelte und sagte „Frohe Weihnachten und ein gesegnetes Neues Jahr."

Die Fremde war sich natürlich nicht bewusst, wie gesegnet sich Laura tatsächlich fühlte.

Wie sie es ausgemacht hatten, kontaktierte sie Oliver, den sie im September im Bierzelt kennengelernt hatte. Sie war froh, ihm zu berichten, dass sie in Stuttgart angekommen, in ihre Wohnung eingezogen war und am 2. Januar mit ihrer Arbeit beginnen würde. „Großartig" antwortete Oliver, „also dann komm doch zu meiner Geburtstagsfeier am 29. Dezember. Ich würde dich gerne wiedersehen!" Er gab ihr eine Wegbeschreibung zu seiner Wohnung, die nicht sehr weit entfernt im selben Ortsteil Bad Cannstatt lag.

David und ein neuer Anfang

Laura fuhr mit dem Bus und kam bei Oliver an. Er wohnte zusammen mit seinem Partner Michael in einer schönen, renovierten Altbauwohnung. Sie hatten die Wohnung sehr geschmackvoll und modern ausgebaut. Olivers Freunde waren fröhlich und begrüßten Laura herzlich, als sie von ihrem kurz zurückliegenden Umzug aus den USA erfuhren. Sie feierten ausgelassen mit leckerem Essen und viel gutem Wein. Als es schon ziemlich spät wurde, fragte Laura ein paar Gäste, wie sie zu dieser späten Stunde mit öffentlichen Verkehrsmitteln nachhause kommen könne. Ein junger Mann war freundlich gewesen und hatte den Fahrplan des Nachtbusses im Internet aufgerufen und herausgefunden, dass er nur einmal pro Stunde fuhr. Laura verabschiedete sich von Oliver und seinen Gästen und machte sich auf in Richtung Wilhelmsplatz, um den Bus um ein Uhr fünfunddreißig zu erreichen. Sie war etwas nervös, als sie durch die Straßen von Olivers Wohngegend lief und feststellte, dass außer ihr fast keine anderen Fußgänger unterwegs waren. Sie war es auf jeden Fall nicht gewohnt, so spät nachts alleine zu Fuß unterwegs zu sein und überlegte, wie gefährlich dies in Dallas gewesen wäre.

Als sie an der Bushaltestelle ankam, schaute sie auf den Fahrplan, um sich zu vergewissern, dass man sie richtig über den Ort und die Zeit informiert hatte und ob diese Buslinie sie auch tatsächlich heimbringen würde. Anders als tagsüber fuhr der Nachtbus einen großen Kreis durch eine Gegend, die Laura nicht kannte, bevor er ihr Fahrtziel anfuhr. Auch hatte er seinen Namen vom regulären „**52**" auf „**N5**" geändert. Plötzlich hatte sie Zweifel, ob sie an der richtigen Haltestelle war. Sie blickte rechts zur Seite und sah einen Mann, der ungefähr in ihrem Alter war und sein Umfeld nicht wahrzunehmen schien, da er mit Kopfhörern Musik hörte. Sie hatte die Erfahrung gemacht, dass Einheimische meist sehr freundlich waren, wenn man sie um Auskunft bittet. Also brachte sie den Mut auf, ihn anzusprechen „Entschuldigung, ist das der richtige Bus, um zum Robert-Bosch-Krankenhaus zu kommen?"

Etwas erschrocken und eventuell auch irritiert von der Unterbrechung nahm er einen Stöpsel aus dem Ohr und bat sie, sich zu wiederholen. „Ist das der richtige Bus und die richtige Richtung, um zum Robert-Bosch-Krankenhaus zu kommen? Kommt er hier um ein Uhr fünfunddreißig?" wiederholte sie.

Er schaute sie an, als ob er sich fragte, warum sie den Plan nicht selbst gelesen hatte, da sie ja offensichtlich gut deutsch konnte. „Was macht eine Frau alleine an der Bushaltestelle um ein Uhr fünfzehn?" fragte er sich in der Tat.

„Ja, ich glaube, das stimmt schon", antwortete er dann und fügte hinzu „Ich habe diesen Bus auch noch nie genommen. Der Hauptbahnhof kann derzeit wegen technischer Probleme nicht angefahren werden. Meine Handy-App zeigte mir diese Alternative, um nachhause zu kommen. Sie hat mir vorgeschlagen, die S-Bahn bis hier nach Cannstatt zu nehmen und dann diesen Nachtbus. Ich fahre eigentlich selten Bus."

Er schien wegen des Ganzen ein wenig verärgert zu sein.

„Okay. Vielen Dank" sagte Laura erleichtert. „Ich wollte nicht hier stehen und warten und dann herausfinden, dass ich hier falsch bin. Ich bin erst vor kurzem nach fünfunddreißig Jahren in den USA hier in die Gegend gezogen und habe nicht viel Erfahrung mit den öffentlichen Verkehrsmitteln. Ich bin in Stuttgart aufgewachsen, aber kenne Cannstatt noch nicht sehr gut."

Er schaute sie interessiert an. „Sie haben so lange in USA gelebt? Wo denn?"

„Die letzten Jahre in Dallas, davor Philadelphia, San Francisco und überall in Oklahoma." erzählte sie.

„Ah. Ich war schon mehrmals in USA, aber noch nie in Texas," fuhr er fort. „So, haben Sie jetzt vor, immer hier zu bleiben?" fragte er neugierig.

„Ja. Ich werde bald im Robert-Bosch-Krankenhaus anfangen." antwortete sie.

„Oh, sind Sie Krankenschwester?" Er wurde noch neugieriger.

Gerade dann kam der Bus. Sie stiegen beide ein. Da sie schon in einem Gespräch waren, setzte sie sich aus

Höflichkeit neben ihn. "War es einfach, als amerikanische Krankenschwester nach Deutschland zu kommen?" fragte er interessiert. „Ich weiß, wir haben hier einen Mangel an Pflegepersonal und es kommen viele aus verschiedenen europäischen Ländern."

Sie erzählte ihm kurz, dass sie nach ihrer Auswanderung Pflege studiert hatte und was sie tun musste, damit ihr Studium in Deutschland anerkannt wurde. Sie sagte, dass sie sehr Heimweh hatte und sich viele Jahre danach sehnte, wieder nach Deutschland zu kommen. Sie sprach auch von ihren Töchtern und Enkelsöhnen, die sie dort zurückgelassen hatte, um hier vollkommen neu anzufangen. Sie erwähnte, dass sie seit zehn Tagen im Schwestern-Wohnheim wohnte und wie froh sie sei, hier zu sein. Er schien beeindruckt. Dann erzählte er von seinen zwei Töchtern und von Operationen, die er schon hatte, eine erst vor kurzem. Er sprach auch von seinen verschiedenen Familienmitgliedern, die in den USA lebten, und die er schon öfter besucht hatte. Er konnte es nachvollziehen, dass Laura sich danach gesehnt hatte, zurück nachhause zu ziehen, war aber beeindruckt, dass sie es nach so vielen Jahren getan hatte. Er selbst hatte sein ganzes Leben in Stuttgart gelebt. Sie hatten sich gut unterhalten, was die Zeit schnell vergehen ließ, und plötzlich sagte er, dass er aussteigen müsse, denn seine Haltestelle käme als Nächstes. Er stand auf und sagte „Also, auf Wiedersehen und ich wünsche Ihnen weiterhin ein schönes Leben in Stuttgart" und bereitete sich vor, auszusteigen.

Sie bedankte sich bei ihm und beobachtete, wie er den Bus verließ. „Wie nett er war" dachte sie. „So offen und freundlich." Er hatte erwähnt, dass er zwei Töchter habe. Deshalb nahm sie an, dass er verheiratet war oder zumindest in einer Beziehung. Schließlich war er ziemlich attraktiv und hatte eine sportliche Figur. Und er war sehr groß, etwas was Laura an europäischen Männern gefiel, da sie für eine Frau selbst sehr groß war. Mit diesen Gedanken bedauerte sie eigentlich, dass sie ihn nie wiedersehen würde. Sie hatten sich nicht einmal mit Namen vorgestellt. „Weiterhin ein schönes Leben in Stuttgart" waren seine letzten Worte. Sie hatte es definitiv vor!

Ihre ersten Wochen bei der Arbeit bestanden aus einer Mischung von Freude an der neuen Arbeit und starker geistiger und körperlicher Anstrengung. Ihre neuen Kolleginnen und Kollegen waren ihr eine unglaubliche Stütze. Obwohl Laura eine erfahrene Krankenschwester war, musste sie ihren Beruf in ihrer ersten Muttersprache quasi neu erlernen. Sie beherrschte zwar die deutsche Umgangssprache gut, musste aber sehr viel Medizinisches dazulernen, wie zum Beispiel Abläufe, Diagnosen, Namen für Operationen, Krankheiten und Medikamente, Namen für verschiedene Abteilungen und so weiter. All das war so neu für sie. Sie kam oft völlig erschöpft nachhause und fragte sich, ob sie eigentlich zu alt war, um noch so viel zu lernen. Aber als die Zeit verging, lernte sie professionell zu kommunizieren, wie alle anderen. Sie vermied nicht mehr, das Telefon abzunehmen, aus Furcht davor, dass sie nicht wusste, wie sie sich beim Antworten ausdrücken sollte. Es machte sie nicht mehr nervös, am Ende der Schicht Übergabe zu machen, weil sie keine Angst mehr hatte, die passenden Fachausdrücke auf Deutsch nicht zu kennen. Sie lernte die Namen der Medikamente und ihre Indikationen und entwickelte Selbstvertrauen, aber vor allem – sie fühlte sich sehr von ihren Kollegen akzeptiert und integrierte sich gut in ihr neues Umfeld. Die Kollegen lachten öfter, wenn Laura ein deutsches Wort nicht einfiel und sie es in ihrer Verzweiflung einfach auf Englisch sagte, um dann herauszufinden, dass es wegen seines lateinischen Ursprungs dasselbe Wort war, nur anders ausgesprochen. Sie mochten das Mädchen aus Texas und nannten sie „Amigirl".

Immer wieder überdachte sie ihre große Entscheidung, nach Deutschland zurückzukehren und immer wieder musste sie feststellen, dass sie es keinen Moment bereute. Sie war glücklich und zufrieden und wusste, dass sie die richtige Entscheidung getroffen hatte. Gleich nachdem sie angekommen war, hatte sie sich bei ihren alten Schulfreunden gemeldet, die ihr die ganzen Jahre treu geblieben waren. Sie waren alle sehr froh, Laura wieder in ihrer Nähe zu haben. Es schien, als ob diese fünfunddreißig Jahre im Handumdrehen vorbeigegangen waren und ihre Freundschaften waren noch immer so fest wie früher. Besonders glücklich war sie über ihre neue Beziehung zu ihrem Bruder! Langsam aber sicher vertiefte sich ihre Verbindung und sie würde ihm ewig dankbar sein, dass er derjenige war, der dies alles möglich gemacht hatte.

Eines Tages kam Laura vom Einkaufen nachhause, als sie einen kleinen Zettel an der Eingangstür des Wohnheims entdeckte. Darauf stand:

N5 – Ich würde Sie gerne wiedersehen

01751/9123232

Sie wusste nicht was „N5" bedeuten sollte, aber beim Vorbeigehen dachte sie „Oh wie süß! Da haben sich wohl zwei junge Leute irgendwo kennengelernt - wahrscheinlich in einer Disco - und er möchte sie wiedersehen! Wie schön es doch war, jung zu sein!" Mit diesen Gedanken hakte sie den Zettel ab und ging weiter.

So gegen Mitte Januar fand sie in ihrem Briefkasten einen handgeschriebenen Brief mit ihrem Namen darauf. Er sah so aus, als ob ihn jemand persönlich in den Briefkasten geworfen hatte, denn er hatte keine Briefmarke. Darin war geschrieben:

Hallo Nachtbusfahrerin,

Sie werden sich vermutlich über diesen Brief wundern. Wir hatten uns gegen Ende letzten Jahres im Nachtbus N5 in Bad Cannstatt kennengelernt. Dafür, dass wir uns nicht kannten, führten wir – aus meiner Sicht – eine nette und interessante Unterhaltung. Deshalb war ich nach dem Aussteigen enttäuscht, dass der Kontakt schon wieder verloren war. Vielleicht haben Sie das ähnlich gesehen?

Ich würde mich über ein Wiedersehen freuen.

Viele Grüße,

David Kleiner

Tel. 01751/9123232

david@t-online.de

P.S. Ich bin mir allerdings nicht sicher, ob dieser Brief angemessen ist. Falls nicht, werfen Sie ihn einfach weg. Ich werde Sie nicht weiter belästigen.

Sie fühlte sich geehrt. Wie hatte er aber ihren Namen herausgefunden? Sie hatten nur sehr wenige Informationen ausgetauscht und ihren Namen hatten sie nicht erwähnt! Er musste einiges recherchiert haben, um ihn herauszufinden. Und wenn es schwer war, sie zu finden, musste er wohl wirklich daran interessiert sein, sie wiederzusehen, um sich so viel Mühe zu machen. Das Allerwenigste, was sie tun könnte war, sich noch einmal mit ihm zu treffen, um zu sehen, ob ihre Verbindung weiterhin so gut sei wie in jener Nacht. Da sie anfangs immer sehr vorsichtig mit Fremden umging, entschloss sie sich, zuerst per E-Mail zu kommunizieren, anstatt ihre Telefonnummer gleich preiszugeben. In ihrer E-Mail an ihn bestätigte sie, dass sie tatsächlich sehr von diesem Brief überrascht war, aber auch sehr neugierig sei, wie er ihren Namen herausgefunden hatte. Da es wohl einige Anstrengungen benötigt hätte, würde sie ihn auch gerne wiedersehen. Sie empfand den Brief als sehr höflich und angemessen und hatte ihn ihm nicht übelgenommen. Ihr hatte die Unterhaltung auch gefallen. In ihrem E-Mail-Verkehr verabredeten sie sich ins Café am Eingang des Krankenhauses. Es war nun Ende Januar, kurz nach ihrem zweiundfünfzigsten Geburtstag. Als sie den Tag und die Zeit festlegten, merkte sie plötzlich, dass sie sich kaum daran erinnern konnte, wie er aussah, da ihr erstes Treffen schon einen Monat her war. Sie fragte ihn „Wie werde ich Sie erkennen! Ich bin mir nicht sicher, dass ich noch weiß, wie Sie aussehen."

Er antwortete „Ich werde mit dem Fahrrad kommen und eine rote Fahrradtasche dabeihaben. Und ich weiß noch genau wie Sie aussehen."

Sie hatte ein schlechtes Gewissen. Offenbar erinnerte er sich genauer an sie, als sie sich an ihn. Und er war gleich schon mal ein Mann nach ihrem Geschmack: Ein Radfahrer. Sie fuhr selbst sehr gerne Rad und konnte es kaum erwarten, bis ihr Fahrrad zusammen mit dem Rest ihrer Sachen mit dem Schiff ankommen würde. Sie freute sich darauf, ihren Nachtbus-Unbekannten wieder zu sehen.

Am 29. Januar saß sie im Café am Eingang des Krankenhauses, als ein großer, gutaussehender Mann mit einer roten Fahrradtasche eintrat. Er entdeckte sie sofort und lächelte sie an. Er kam an ihrem Tisch und sie begrüßten sich. In ihrer E-Mail hatte sie erwähnt, dass bald ihr Geburtstag sein würde. Er wünschte ihr nachträglich alles Gute zum Geburtstag und fragte, wie sie gefeiert hatte. Sie erzählte ihm von dem amüsanten Abend mit einer ihrer Schulfreundinnen. Die beiden waren im nahegelegenen Ludwigsburg bis in die frühen Morgenstunden Tanzen gegangen. Er lachte und merkte, wie freudig sie über den Abend erzählte. Als die Bedienung kam, bestellten sie beide ihren Lieblingskuchen und damit das Erste, das sie gemeinsam hatten: Bienenstich und einen Cappuccino. Da sie immer noch neugierig war, fragte sie ihn, wie er denn ihren Namen herausgefunden hatte. Er erzählte von einer entfernten Cousine, die er neulich auf einer Beerdigung gesehen hatte, die auch im Robert-Bosch-Krankenhaus arbeitete. Da er keine Antwort auf seinen Zettel bekommen hatte, fragte er seine Cousine, ob sie ihre Verbindungen im Krankenhaus nutzen würde, um herauszufinden, ob jemand von einer amerikanischen Pflegerin wusste, die vor kurzem dort angefangen hatte. Mit diesen Angaben war es einfach gewesen, ihren Namen herauszufinden.

Laura lachte. „Also der Zettel über „N5" war für mich gedacht? Es hatte bei mir gar nicht geklickt. Ich dachte, er sei für jemand anderen bestimmt gewesen."

Er lachte und war froh, dass er danach nicht schon aufgegeben hatte, während sie verlegen war, dass sie so begriffsstutzig war, den Zusammenhang nicht erkannt zu haben.

David fing an, von seinen Töchtern zu erzählen und von deren Mutter, die vor sechzehn Jahren völlig unerwartet an einem versteckten Herzfehler gestorben war. Er war damals mit seiner Frau, die gerade vierunddreißig Jahre alt war, zum Polterabend ihres Bruders gegangen. Während die beiden Mädchen voraus sprangen, um den Rest der Familie zu begrüßen, beklagte sie sich über ein Schwindelgefühl, als sie aus dem Auto ausstieg und bat ihn, sie festzuhalten. Im selben Moment, als er nach ihr griff, um sie zu halten, wurde sie blass, fiel in seine Arme und wurde ohnmächtig. Er saß auf dem Boden und hielt seine Liebe, als sie kraftlos wurde. Ihr letzter Versuch zu atmen brachte nur ein Gurgeln hervor und ihr Körper wurde dann leblos. Andere anwesenden Gäste, die den dramatischen Vorfall sahen, riefen den Notarzt. Sie wurde vor Ort reanimiert und dann schnellstens ins nächste Krankenhaus gebracht. Er hatte sie dorthin begleitet und wartete voller Hoffnung, während Sanitäter und Ärzte über eine Stunde lang versuchten, die junge Frau zu retten, um letztendlich doch die verheerende Nachricht zu bekommen, dass seine Frau verstorben war.

Die Obduktion ergab später die wahrscheinliche Todesursache „Takayasu Arteriitis".

Während Laura ihm gegenüber saß und seine Geschichte hörte, bekam sie Gänsehaut und Tränen füllten ihre Augen aus Mitgefühl für ihn und seine beiden Töchter. Sie waren gerade sechs und acht Jahre alt gewesen und litten sehr unter dem Tod ihrer Mutter. Ihnen dabei zu helfen, dieses tragische Ereignis zu bewältigen, benötigte seine gesamte emotionale Aufmerksamkeit und viel Kraft. Deshalb meinte er, es wäre in dieser ohnehin schwierigen Situation keine gute Idee gewesen, eine neue Frau in ihr Leben zu bringen. Seinen Kindern sein ganzes Leben zu widmen ließ keine Energie und auch keinen Wunsch auf eine neue Beziehung übrig.

Laura war zutiefst berührt vom Schicksal dieses Mannes und sie verspürte jetzt großen Respekt für ihn. Aber gleichzeitig dachte sie dann an ihr eigenes Leben und fragte sich, warum sie immer wieder neue Ehen einging, nur um dauernd enttäuscht zu werden. Er war offenbar ein starker Mensch und außerdem sehr selbstlos! Je mehr sie sich unterhielten, desto mehr war sie beeindruckt von seiner Integrität und seinem Charakter. Als sie über ihr Leben erzählen sollte, schämte sie sich zuzugeben, dass sie dreimal verheiratet war. Also tat sie es nicht. Sie erwähnte ihren zweiten Mann Steve einfach nicht, weil sie dachte, David würde entsetzt sein herauszufinden, dass sie so oft geschieden war. Ja, sie schämte sich tatsächlich deswegen. Sie empfand sich ihm unwürdig und wollte sich nicht völlig bloßstellen.

Sie saßen beisammen und unterhielten sich, bis die Bedienung wieder an ihren Tisch kam, um sie zu informieren, dass das Café schließen würde. Nur weil sie dazu gezwungen waren, machten sie sich auf, beschlossen jedoch, sich wieder zu treffen und tauschten Telefonnummern aus. Laura erwähnte, dass sie noch vor hatte in ein Elektrogeschäft zu gehen, um etwas zu kaufen. David bot ihr an, sie dahin zu begleiten und ihr auch eine Abkürzung zu zeigen, die sie noch nicht kannte. Während sie sich weiterhin unterhielten und bergab durch die Weinberge liefen, schob David sein Fahrrad. Als sie unten vor dem Elektrogeschäft ankamen, streckte er seine Hand aus, um sich zu verabschieden. Zuerst zögerte sie kurz, entschloss sich aber dann, sich mit dem für eine Amerikanerin unüblichen Kuss auf beide Wangen zu verabschieden. Sie beobachtete ihn und den sehr mysteriösen Blick, den er ihr schenkte und fragte sich, ob er sie wohl wieder einmal anrufen würde. Wenn sie ihr Leben mit dem seinen verglich, kam sie sich so unzureichend vor. Er hatte anscheinend nur einmal geliebt und musste seine Liebe an den Tod verlieren. Würde er annehmen, dass sie schon wieder nach einer neuen Beziehung suchte? Dachte er, dass es ihr eigener Charakterfehler war, der das Scheitern ihrer Ehen verursacht hatte? Sie wollte nicht den Anschein erwecken, verzweifelt auf der Suche nach einer neuen Partnerschaft zu sein und beschloss deshalb, ihn nicht anzurufen, sondern zu warten, ob er es tun würde. Sie wartete zwei Wochen und fand sich damit ab, dass er sie wahrscheinlich nicht wieder anrufen würde. Warum sollte er? Er war so lange allein ausgekommen und suchte bestimmt neue keine Beziehung, sondern wollte nur eine nette Verabredung genießen.

Dann läutete eines Tages das Telefon. Es war David. Seine leicht heißere Stimme wirkte wohltuend am Telefon. Er entschuldigte sich für seinen Anruf und sagte, er habe gehofft, noch einmal von ihr zu hören und auf einen Anruf von ihr gewartet. Er wollte nur fragen, ob sie Interesse hätte, sich wieder einmal zu treffen. Laura strahlte. „Das hätte ich auf jeden Fall" entgegnete sie und versuchte gelassen zu wirken.

Sie verabredeten sich auf einen Spaziergang im Schlossgarten, danach Kaffee und Kuchen und später ein Abendessen in einem italienischen Restaurant. Nun freute Laura sich auf diese offizielle Verabredung am nächsten Wochenende.

Sie spazierten durch den Schlossgarten und unterhielten sich angeregt ohne irgendwelche peinliche Pausen. Mühelos kamen sie immer auf neue Themen. Wie sie herausfanden, hatten sie sehr viel gemeinsam. Als sie das Café verließen, fing es an, leicht zu schneien. Die Kirchenglocke der Stiftskirche in der Nähe des Marktplatzes begann zu läuten. Laura schaute zum Himmel und hielt einen Moment inne. Schneeflocken fielen sanft auf ihr Gesicht, als sie einen Moment lang das Gefühl von vollkommener Glückseligkeit genoss. „Es tut so gut, zuhause zu sein" begann sie „Ich habe das hier so sehr vermisst. Den Schlossgarten, die Cafés, in denen ich mit meinem Opa als Kind war, diese Kirchenglocken, Schnee und Straßen mit Kopfsteinpflaster. Ich bin gerade so glücklich. Ich wollte nirgends anders auf der Welt sein, als gerade hier, gerade jetzt. Meine Seele ist so lebendig hier."

Er lächelte ihr zu und hängte seinen Arm bei ihr ein. Er war beeindruckt von dem starken Gefühl von Zufriedenheit, das ihre Seele in diesem Moment ausstrahlte. „Diese Frau", dachte er „hat so viel mitgemacht in ihrem Leben und dennoch ist sie dankbar für die kleinsten Dinge." Er hatte sein ganzes Leben hier gewohnt und sah diese Dinge als selbstverständlich an. Es war ihm gar nicht mehr bewusst, wie wunderschön dieser Ort eigentlich war und wie romantisch es hier sein konnte, wie zum Beispiel an diesem Abend. Er schätzte an ihr die Eigenschaft, dies zu erkennen. Sie liefen weiter zum Restaurant, wo sie geplant hatten, zu essen. Es entwickelte sich eine gegenseitige Bewunderung dadurch, dass sie sich vieles anvertrauten. Es schien, als ob die Zeit stehen blieb, obwohl mehrere Stunden vergangen waren. Als sie das Restaurant wieder verließen, schneite es immer noch. Die Luft war frisch und rein. Die Straßenleuchten warfen ein warmes Licht auf die Schneeflocken. David hielt plötzlich an, drehte sich Laura zu und küsste sie weich aber leidenschaftlich. Sie erlaubte es, enger von ihm in seine Arme gezogen zu werden und erwiderte seinen Kuss genauso sanft. Als sich ihre Lippen voneinander lösten, hatte keiner von beiden das Bedürfnis, irgendetwas zu sagen. Ihre Herzen schlugen im Gleichklang. Sie blickte in seine sanften braunen Augen und fühlte sich vollkommen geborgen. Geborgen in einem Herz, das so lange gewartet hatte, um sich wieder zu öffnen und welches ihr nun ganz und gar offenstand. Sie hatte ihren Seelenverwandten gefunden! Arm in Arm liefen sie in Stille weiter und fühlten eine unbeschreibliche Harmonie, als sich ihre Herzen aus zwei solch verschiedenen Welten vereinten. Für David, der bisher nur eine große Liebe hatte, war es das erste Mal in sechzehn Jahren, dass er sich von einer Frau so angezogen fühlte. Er hatte Lauras Geschichte über ihr vorheriges Leben gehört und empfand Mitgefühl für sie. Sie hatte bewundernswertes Durchhaltevermögen, starke moralische Überzeugungen, ähnlich wie er, und eine bemerkenswerte Leidenschaft fürs Leben, trotz ihrer vielen harten Zeiten. Genauso wie er, hatte sie ein großes Herz für das Liebste in ihrem Leben: Ihre Kinder. Er fühlte so viel Gemeinsamkeit mit ihr, unter anderem deshalb, weil sie beide nur Töchter hatten – sechs insgesamt. Mit achtundfünfzig Jahren hatte er nicht mehr daran geglaubt, sich noch einmal zu verlieben, aber es geschah an diesem romantischen Wintertag in Stuttgart.

Für Laura war es sowohl unerwartet, als auch gleichzeitig beängstigend. Sie hatte mehr als einmal geliebt, aber ihre Erfahrungen hatten ihr Herz verletzt und enttäuscht zurückgelassen. Sie wurde noch nie mit so viel Respekt und Verehrung behandelt wie von David. Er gab ihr alles, was sie als Frau schon immer wollte: Ehre, Respekt, Loyalität, Geborgenheit und Kameradschaft. Durch ihn konnte sie wieder lernen zu lieben und zu vertrauen.

Innerhalb weniger Monate entwickelte sich eine zärtliche Liebe und gegenseitige Verehrung zwischen den beiden. Während sie sich besser kennenlernten, bekamen sie das Gefühl, dass sie durch all ihre Gemeinsamkeiten für einander bestimmt waren. Von allen Dingen, die Laura in einer beständigen Beziehung wichtig waren, war Vertrauen und Ehrlichkeit auf jeden Fall das Wichtigste. Da er dieses wusste, bekam David Gewissensbisse und meinte, er müsse etwas unbedingt in Ordnung bringen. Er war ihr gegenüber in einem Punkt unehrlich gewesen: Darüber, wie er ihren Namen herausfand. Er musste ihr einfach die wahre Geschichte erzählen.

Eines Abends, als sie zusammen in Lauras Wohnzimmer saßen, begann er zu beichten. Da er ein Software-Entwickler war und für eine regionale Behörde arbeitete, war es seine Aufgabe gewesen, ein Computerprogramm zu entwickeln, welches alle Daten der verschiedenen Meldeämter der Region in eine neue Datenbank übertragen sollte. In Deutschland sind alle Bürger verpflichtet, sich nach jedem Umzug im Meldeamt der neuen Gemeinde zu registrieren. Um sein Programm zu testen, wurden ihm Kopien realer Daten, also echte Namen und persönliche Daten von Bürgern, zur Verfügung gestellt. Nachdem er enttäuscht war, dass er keine Antwort auf seinen Zettel an der Tür des Wohnheims erhalten hatte, überlegt er sich kurz, ob er nicht in seinen Testdaten nach dem amerikanischen Mädchen aus dem Bus suchen könnte, denn er konnte sein Amigirl nicht vergessen. Im fiel jedoch sofort ein, dass seine Daten vom Stand

November waren und er keine neuen mehr bekommen sollte. Sie war jedoch erst im Dezember nach Deutschland gekommen. Die Daten konnten ihm also nicht helfen. Mitte Januar bekam er aber unerwarteter Weise doch neue Daten. Er erkannte sofort die Gelegenheit, jetzt Lauras Namen zu finden. Es war relativ einfach, die einzige Person zu finden, die kurz vor Weihnachten 2012 von Dallas in Texas nach Deutschland gekommen und in das Robert Bosch Wohnheim gezogen war. Auch das Alter schien zu passen. Als er die Informationen sah, rief er spontan und laut „Jetzt habe ich sie!"

Keiner von seinen Kollegen nahm seinen Ausruf wahr, denn er war dafür bekannt, während der Arbeit Selbstgespräche zu führen oder mit seinem Computer zu reden. Da er sich darüber bewusst war, dass er Datenschutzgesetze verletzt hatte, und Laura ihn deswegen hätte anzeigen können, hatte er Angst gehabt, ihr die Wahrheit zu sagen. Als sie seinem Geständnis zuhörte, war sie erstaunt, wie viel Schicksal im Spiel gewesen war, sie zusammenzubringen. Ohne seinen besonderen Beruf und der zufällig ausgefallenen S-Bahn wäre das Ganze nie zustande gekommen. In ihrer Verwunderung über die Macht des Schicksals und weil sie froh war, dass er bereit gewesen war, dieses große Risiko einzugehen, verzieh sie ihm gerne die Lüge, die er sich anfangs ausgedacht hatte. Es war ja auch letztendlich nicht ganz gelogen: er hatte tatsächlich eine Cousine, die im Robert-Bosch-Krankenhaus arbeitete. Dann bekam sie Schuldgefühle wegen der einen Notlüge, die sie ihm erzählt hatte: Wie oft sie verheiratet gewesen war. Es war Zeit, ebenfalls ins Reine zu kommen. Sie gab den wirklichen zweiten Ehemann bekannt und dass der zweite eigentlich der dritte war. David lachte und antwortete „Na ja, ich denke es ist eigentlich egal, ob du jetzt zweimal oder dreimal verheiratet warst. Auf einen mehr oder weniger kommt es nicht an. Es kommt darauf an, dass sie die Verlierer sind und ich der Gewinner bin.“

Sie musste über seine ehrliche Reaktion einfach lachen, welche die Tatsachen in eine fast witzige Perspektive brachte. Und damit war das Schamgefühl, das sie so lange empfunden hatte, endlich verflogen. Sie waren beide froh, dass es zwischen ihnen keine Geheimnisse mehr gab.

Im März des Jahres 2012 trafen ihr Haushaltssachen und ihr Auto endlich mit dem Schiff ein. Sie war so aufgeregt! Jetzt würde ihre Wohnung den letzten Schliff durch ihre Sachen von zuhause, und dadurch ihre eigene Individualität erhalten. Obwohl sie überaus glücklich war, dass sie ihr Auto nun wiederhatte, wurde es ein langer, mühsamer Prozess, es endlich anmelden zu können. Wegen Unterschieden in technischen Bestimmungen zwischen den USA und Europa mussten kostspielige Änderungen an den Scheinwerfern und am Steuergerät des Autos vorgenommen werden. Als sie endlich ihr Stuttgarter Nummernschild erhielt, ließ sie ein Bild machen, auf dem sie ihr Auto glücklich umarmte. Jetzt war sie eine echte Stuttgarterin!

Am Valentinstag 2014 gab David ihr einen Partner-
ring und trug von da an auch selbst einen passenden,
um zu zeigen, dass sie zusammengehörten. Er war
ihr treu ergeben, seinem Amigirl, die nach Deutschland zurückgekommen war, sodass er sie, wie es das
Schicksal wollte, finden würde; im Nachtbus, in der
Nacht vor Silvester, gerade rechtzeitig für einen Neu-
start.

Als Laura nun zwei Jahre wieder in Stuttgart lebte,
konnte sie nicht mehr gegen das immer wieder auf-
tretende Bedürfnis ankämpfen, ihren früheren
Freund Markus aufzusuchen, um ihn um Verzeihung
zu bitten, ihn ohne Abschied verlassen zu haben. Sie
wollte herausfinden, wie sein Leben weitergegangen
war. Irgendwie hatte sie das Gefühl, dass dieses Ka-
pitel ihres Lebens noch unvollendet geblieben war,
und sie spürte stets das Bedürfnis für einen Abschluss. Sie hoffte, er habe eine gute Frau gefunden,
geheiratet und ein glückliches Leben verbracht, denn
das hatte sie ihm immer sehr gewünscht. Laura hatte
sich mit einer Kollegin namens Julia angefreundet,
die in Schwieberdingen wohnte, dem damaligen Heimatort von Markus. Sie hatte Julia viel aus ihrem vergangenen Leben anvertraut, auch über ihre Beziehung mit Markus und ihrem Wunsch, ihn wiederzufinden. Julia stimmte sofort zu, dass sie ihn aufsuchen
solle, um ihm alles zu erklären.

Eines Tages fuhren sie durch den kleinen Ort, an
den sich Laura nach dreißig Jahren noch immer erin-

nern konnte. Sie hoffte, sie könne das Bauernhaus seiner Eltern finden und dass diese noch dort wohnten. Sie dachte, seine Mutter würde sich bestimmt an sie erinnern, weil sie damals immer sehr nett zu ihr gewesen war. Plötzlich entdeckte sie ein Haus, das zu ihren vagen aber schönen Erinnerungen passte. Die beiden Frauen parkten in der langen Auffahrt, aber weit von der Haustür entfernt. Laura lief zögernd, aber voller Spannung auf die Tür zu; Julia folgte ihr. Der Name an der Klingel war „Jäger". Sie drehte sich zu Julia um und sagte „Das könnte er sein. Ich glaube, das war sein Nachname."

Je länger sie sich das Fenster neben der Tür anschaute, desto sicherer war sie sich, dass dies das frühere Zimmer von Markus gewesen war. Als ob es erst gestern gewesen wäre, wurde sie in die Küche seiner Mutter zurückversetzt, die gerade den unglücklichen Teenager zu trösten versuchte. Laura hatte an diesem Tag, nachdem sie von Zuhause weggerannt war, auf den Anruf ihrer Mutter gewartet, der aber nie kam. Weiter rechts hatte das Hause einen Anbau, der anscheinend später gebaut worden war, aber Laura konnte vor ihren Augen noch die Scheune sehen, die vor achtunddreißig Jahren dort gestanden war. Ganz in ihren Gedanken versunken, ging sie zur nächsten Haustür, an der sich zwei weitere Klingeln mit den Namen „A. Jäger" und „M. Jäger" befanden. Ihr Herz pochte heftig. Sie wandte sich zu Julia, die gespannt neben ihr stand. „Ich glaube, das ist er" sagte sie zu ihrer Freundin, die sofort antwortete „Na, dann läute doch!"

Laura drückte auf die Klingel. Ein paar Sekunden später antwortete eine Frauenstimme „Hallo?"

Laura schaute ihre Freundin an, die, wie auch sie, atemlos dastand. Sie lehnte sich vor zum Lautsprecher und sagte „Hallo. Ich heiße Laura Friedrich. Ich hatte früher einen Freund namens Markus, aber ich kann mich an seinen Nachnamen nicht mehr erinnern. Ich bin 1977 nach Amerika ausgewandert und ich versuche ihn wieder zu finden. Bin ich hier richtig?"

Zuerst war Stille am anderen Ende. Laura stand bewegungslos da. Dann sagte die Frauenstimme „Einen Moment. Mein Mann kommt herunter."

Die beiden Freundinnen schauten sich an. „Oh mein Gott" konnte Laura nur stammeln, bevor sich die Türe öffnete. In der offenen Tür stand ein etwa fünfzig Jahre alter Mann mit leicht grauen, sehr kurz rasierten Haaren und einem Schnurrbart. Er war ungefähr so groß wie sie. Sofort erkannte sie seine hellblauen Augen wieder und sagte „Sagt Ihnen der Name Laura Friedrich etwas?"

Er schaute an ihr vorbei und sprach in den leeren Raum zwischen ihnen. Gleich erinnerte sie sich an diese Angewohnheit, die er schon damals hatte. „Ja, ich hatte einmal eine Freundin mit dem Namen, aber sie ist nach Amerika ausgewandert."

Ihn sprechen zu hören, bestätigte ihr, dass es Markus war, weil er noch immer dieselben Eigenarten beim Reden hatte wie damals. „Markus, ich bin es! Ich bin Laura!" sagte sie und ging auf ihn zu.

Seine Augen leuchteten auf voller Überraschung und Freude, als auch er sie erkannte. Ihre Umarmung löste Erinnerungen an Freundschaft und Verbundenheit aus, die Zeit und Entfernung überwanden. Zwei Herzen, die sich einst so gernhatten, aber durch bedauerliche Umstände getrennt wurden, begegneten sich wieder.

Während sie weiter unter der Tür standen, erzählten zuerst Laura, dann Markus über die Höhepunkte ihres Lebens. Er sprach davon, wie am Boden zerstört und unglücklich er gewesen war, als sie einfach verschwand. Anscheinend hatte er nach dem Treffen mit ihren Eltern mehrmals angerufen, aber durfte nie mehr mit ihr reden. Laura dagegen erfuhr nie von seinen Anrufen. Irgendwann hatte er dann später durch ihre Freundin Brigitte herausgefunden, dass sie nach Dallas in Texas geflogen war. In seiner Verzweiflung war er zur Bank gegangen, ließ dort fünfzig Mark in Markstücke wechseln und verbrachte Stunden in einer Telefonzelle, bis ihm das Geld ausgegangen war. Er hatte dort versucht, sie über die Auskunft in Dallas anhand ihres Ehenamens zu finden, den er von Brigitte erfahren hatte. Natürlich konnte er sie nicht finden, da sie ja von Dallas gleich nach Abilene weitergereist war. Laura war tief berührt, als sie feststellte, wie sehr sie ihn verletzt hatte. Sie erklärte ihm, dass sie die Gelegenheit damals genutzt hatte, um von ihrer Mutter wegzukommen und ein neues Leben in

Amerika aufzubauen. Sie versicherte ihm, dass er es nicht verdient hatte, ohne Erklärung verlassen zu werden und sagte, sie habe nur gute Erinnerungen an ihn; sie konnte sich zurückerinnern, dass er stets nett und liebevoll war und sie immer unterstützt hatte. Dann bat sie ihn um Verzeihung. Markus erinnerte sich an Lauras seelisch gefühllose Mutter und konnte es nachvollziehen, dass sie vor ihr fliehen wollte. Er vergab ihr aufrichtig und Laura spürte seine heilende Vergebung sofort.

Die beiden Freundinnen verabschiedeten sich, während Markus noch in der Tür stand. Sie waren zufrieden, dass sie sich entschlossen hatten, ihn zu suchen. Jetzt war ihre Vergangenheit abgeschlossen und Laura spürte eine Art Frieden im Herzen.

Ein paar Monate später erhielt Laura eine Nachricht von Markus über Facebook. Er erzählte, dass er sich sehr über ihren Besuch gefreut hatte und er sie gerne wiedersehen würde, um mehr davon zu erzählen, was beide in diesen vielen Jahren erlebt hatten. Sie trafen sich zum Kaffee. Die Stunden vergingen schnell, während sie sich zurückerinnerten und einander von ihren Familien erzählten. Genau wie Laura es gehofft hatte, lernte er zwei Jahre nachdem sie ihn verlassen hatte, eine liebe Frau namens Ursel kennen und war seitdem glücklich verheiratet. Er sprach von seinen zwei Töchtern und seinen zwei Enkelsöhnen. Er erzählte, dass Ursel die ganze Zeit von ihrer Beziehung und von dem Herzschmerz wusste, den er vor achtunddreißig Jahren erlitten hatte. Aus

Liebe und Vertrauen zu ihrem Mann hatte sie ihn
nach Lauras Besuch ermutigt, seine Freundschaft mit
ihr wieder aufleben zu lassen. Dank ihres großmüti-
gen Herzens entwickelte sich eine wunderschöne, be-
ständige Freundschaft zwischen Markus, David, Ursel und Laura. Hierdurch vollendeten sie die Brücke
zwischen der Vergangenheit und der Gegenwart und
über eine Entfernung von 9000 km, die nun keine Bedeutung mehr hatte. Und Lauras Welt war endlich
heil.

Ende